だいわ文庫

自分は死なない
と思っているヒトへ

養老孟司

大和書房

◉目次

第1章　愚《おろ》かになる人間

「極楽」に生きる

「知」の毒

第3章　カチンカチンの世界

第4章 手入れの思想

自分は死なないと思っているヒトへ

第1章　愚《おろ》かになる人間

「極楽」に生きる

とんだ世界に足を踏み入れてしまった

解剖《かいぼう》は生きている人を診《み》ません。二〇歳で東京大学（東大）医学部に入って以来、私は生きている患者さんを診たことがありません。私の診た患者さんは、皆死んでしまっています。

私がそもそも解剖を選んだのは、解剖がいちばん怠《なま》けられると思ったからです。たとえば小児科などになると、患者さんは猛烈な勢いで変化するので、その変化に合わせて必死にならなければならない。私は、その場ですぐ判断を出すのが遅かったし、苦手《にがて》でしたから、解剖学ならできるかなと思っていた。変化する相手に合わせて、自分の意識とからだを動かすなど、怠け者の私にはできないことでした。

解剖を始めてかなりになりますが、つくづく思うのは、私が選んだ仕事は、怠け者には勤まらないということです。つまり、ここには死体がある。それをだんだんばらばらにしていく。手が取れたり、足が取れたり……。その変化は私が起こしている。解剖は、私が手を加えない限り、相手にいっさい変化が起こらない世界です。

すると、足を取って何をしたいのか、その理屈をものすごく考えなくてはならなくなります。私が取った足ですから、なぜ取ったかは私が考えなければならない。

臨床《りんしょう》の医者の立場はまったく逆で、患者さんが病気になってから診察が始まり、病気の変化を見ていく。相手の変化に合わせて、自分も対応していけばいい。何を診るべきなのかははっきりわかっています。患者さんは、もちろん具合が悪くなって病院に来る。病気になるには何かの原因がある。相手に問題を預《あず》けて、自分はその解決に専念すればいいのですから、その点、自分で問題を発見する必要はありません。

ところが、解剖の場合、死体を目の前にして、自分が「これ」について何を語るのか、どのように解剖しなければならないのか、すべて自分が考えなければなりません。大学時代に、怠けようと思って解剖を始めたのに、とんだ世界に足を踏み入れてしまったと思ったものでした。

父が鳥を放した日

なぜこの道を選んだのかについてもう一つ、個人的な理由があるのですが、それを「死の意味」という点からお話しします。

私の父親は、私が四歳のときに死にました。父は北陸の出身で、兄弟は一二人あった。父の母が死んだとき、お葬式に出た子どもは四人だったそうです。つまり、八人の子どもが若くして死んでいた。死んだ原因は結核でした。冬が長く、雪で閉じこめられているから、家の中で一人が結核になると、たちまち感染してしまう。それで一二人のうち八人が親より先に死んでしまった。当時はそんなことが普通の時代でした。

余談になりますが、いまの母親には、子どもを亡くすという経験がほとんどないと思います。ですから、知り合いに子どもを亡くしたお母さんがいたら、どのような顔をしてそのお葬式に出たらいいか、困ってしまうのではないでしょうか。私の祖母は、自分よりも先に八人亡くしているわけですから、ビクともしないと思う。自分の子どもを亡くしたことのないお母さんが、子どもを亡くした方のところに行ったら、どんな言葉をかけたらいいか窮《きゅう》してしまうでしょう。

日常に死が失われたということは、ある意味ではとてもいい社会だと思います。しかし裏返すと、これは、その社会をつくっている人間の理解力が、減少することも意味している。つまり子どもの死がいかなるものか、ということを理解する人が減ってしまった社会が現代社会、ということになります。すると皮肉なことに、世の中が進歩すればするほど人間は愚《おろ》かになっていく、ということになります。われわれは、それをなんとなくいま、感じているのではないでしょうか。

話を戻します、四つのときに父が死にました。元気な母とは対照的に、父は結核になりました。

私は、父が死んだ状況をよく覚えているのですが、まさに映画のワンシーンのようで、一コマ一コマに分かれている。その風景が脳裏《のうり》に焼きついていて、一〇代、二〇代になっても、突然浮かんできたりしていました。

一つの風景は、結核の療養で二階に寝ていた父が、ベッドの上で半分起きあがって、自分が飼《か》っていた文鳥《ぶんちょう》を放している、というものでした。ベッドは窓際にあり、母がそばに立っていた。私は、母と父が一緒にいる風景は、それしか覚えていません。

父がなぜ文鳥を放すのか、四歳の私には不思議でならなかった。じっと父を見ていたら、「放してやるんだ」と父が答える。これが、いちばん古い風景です。

後年、かなり時間を経ても、この風景はよく覚えていたので、一度母に訊《き》いたことがありました。母は、「あれは、お父さんが死ぬ朝だった。天気のよい日だったので窓際にベッドを寄せたら、お父さんは鳥を放したんだ。亡くなったのはその晩のことだった」といっていました。

私には、それが父の亡くなる朝だったという記憶はまったくなかったし、頭の中にあったのは、父が文鳥を放している光景だけでした。しかしじつは、それが、父の死にともなって印象的に覚えていることでした。『万葉集《まんようしゅう》』の中では、鳥は「死者の魂《たましい》」だといわれている。こうした風景を印象的に持っているのだから、私は日本人だなあ、と思った。そんな話をしていた母も、「お父さんは自分の死期を悟ったのかもしれないね」といっていた。これがまず、一つの風景です。

繰り返し出てくる光景

もう一つの風景は、父のベッドの脇にあったガラガラです。病人だから、ベッドのまわりにはいろいろなものが置いてあるのですが、その中に子どものガラガラがあった。当時家に幼い子どもは私しかいなかったから、当然そのガラガラは私のもののはずですが、その覚えがない。なぜそれが父のそばにあるのかが不思議で、じっと見つめていました。

父は私の視線に気がついて、私が何も訊かないのに、答えてくれました。「これを鳴らすと、看護婦さんが来てくれるんだよ」と。ガラガラは、喉頭結核《こうとう》で、大きな声の出ない父の呼《よ》び鈴《りん》代わりだったのです。

この風景から私に呼び覚まさせるものは何かというと、確かに自分のものでなければならない玩具《おもちゃ》を前に、そのことについて質問できないでいる気持ちなのです。これは何かというと、いま思えば「遠慮《えんりょ》」だった。ほんらい私のものであるはずなのに、私のものでない玩具について、率直に尋《たず》ねていいものか。私の中に遠慮という気持ちがはじめて生まれた瞬間でした。たぶん父が亡くなる直前だったので、この記憶が強められたのだと思います。

さて、これが本題といえるのですが、父は自宅で療養していましたから、当然自宅で亡くなった。夜中のことで、私はそばで寝ていましたが、父の臨終《りんじゅう》で、突然起こされた。なにしろ夜中のことだから、異様な雰囲気で大人がベッドのまわりに集まっていた。子どもだし、背が低いものだから、大人の間を縫《ぬ》って前へ出た。

起こされたばかりで、まだ状況がよくつかめていない。父の顔のすぐ横に出て、じっと父を見つめていました。すると誰かの、頭の上から響《ひび》く声が聞こえました。

「お父さんに、さよならをいいなさい」

まだ寝起きで、しかもその場の異様さにびっくりしてしまって、私は声すら出ない。そんな口のきけない私を見て、父はニコッと笑いました。そしてその瞬間、パッと喀《かっ》血《けつ》して、それで終わった。それが父の臨終でした。

次の一コマは焼き場の風景です。火葬場には和室が二つあり、間に襖《ふすま》があった。襖はわずかに開いていて、私はその襖に寄りかかりながら別の部屋を覗《のぞ》いていた。その中央には、三方《さんぼう》とその上の白い紙に載せられたお菓子があり、そして向かいあって座っている母と、泣いている年の離れた姉がいた。

一九四二年(昭和一七年)、戦争中のことで、当時は甘いものがなかった頃ですから、私はそのお菓子を食べたいな、と密《ひそ》かに思っていました。しかし、一方では姉が泣いているのが見えた。父が死んだ後の焼き場にいるのですが、自分の心を覗いてみても、ちっとも悲しくない。泣いている姉を前にしても、むしろお菓子を食べたくなってしまう自分に、なぜ悲しくならないんだろうと、いささか後ろめたい気持ちになっていた。その風景が、しっかり固定されています。

　こうした光景がいくつか残っていて、私が成長していくとともに、なんの脈絡もなしに、繰り返し出てくるのです。

挨拶《あいさつ》ができなかった理由

　少し成長して、中学から高校の頃に、私は人に挨拶をするのがたいへん苦手でした。親には挨拶をきちんとしなさいと再三いわれていましたが、まったく下手《へた》で、場合によっては省略してしまっていた。鎌倉の町で開業医をしていた母は、それは顔が広く、町行く人が私にも挨拶をしてくる。ときどき私は無視して通りすぎてしまうので、母によく怒られました。人と口をきくのも苦手でした。母は、「なんでこの子は挨拶がダメなんだろう」とよくいっていました。

　自分でも不思議でしたが、私がそのわけに気づいたのは、四〇代に近い頃でした。挨拶が苦手だったことは、父親の臨終の際に「さよなら」といえなかったことと関係があるのではないかと悟ったのです。そのときに気づいた私なりの理屈は、父という自分にとって親しく大切な人にもできなかった挨拶を、他人にするわけにはいかない、ということでした。

これでは十分な答えにはならなかったし、それが正しいと証明できたわけでもありませんが、自分がなぜ挨拶ができなかったのか、謎《なぞ》が半分解《と》けた気がしました。

その後一〇年ほど経ち、ある日、これが正解だと思う答えに至りました。私はある仮定を想定してみました。つまり、私がかりに、さよならと父にいえたらどうなっていただろうか、ということです。さよならをいうことは、父との本当の別れを意味している。私はある意図があって、父にさよならをいわなかったのではないか。四つの子どもにとって、父親が死ぬということは、理不尽《りふじん》なことです。納得のいかないことです。ただ一つだけ私にできたことは、さよならをいわないことでした。これは未完の行為といえます。父に対して、私は未完の行為を一つだけしました。それは「さよなら」をいわないことでした。

いわなかったことは何を意味するかというと、父が私の中で生きているということなのです。五〇近くになって、はじめてこのことに気づきました。別れをしないことで、父との間に果たされない仕事を一つ残す。ということは、それがある限り、父は死なないということです。逆に、私が挨拶をした瞬間に、父は死んでしまい、私はその死を認めたことになるから、挨拶にやたらとこだわっていたのです。

父の死に涙した姉とは対照的に、泣けない自分を長く意識してきました。自分でいちばん驚いたのは、父の死と、私が挨拶ができなかったことが関連していたことに気づいた瞬間、「私の中の父は死んだ」と思ったことでした。そして、涙がさっと出ていた。

人が死んだことを認めるのは、皆さんは簡単だと思っておられるかもしれませんが、そうではない。人が死ぬには何十年もかかるのです。死んでしまった人が、何十年も経ってから実際に死ぬことはあるのです。事実、父の死は、私の心に大きな傷を残して長いこと留まっていた。それが健康的なことかどうかはわかりませんが、そのことが私に教えたことは大きいと思っています。

私が「死人」を扱う仕事についたのは、いままで申しあげたような実体験があるからで、自分ではなんの不思議もない。つまり、自分にとっては、死はごく当たり前のことであり、死者は自然な存在なのです。

私の記憶は人が死ぬところから始まっていますから、ちょうど普通の人とは逆《さか》さまになっているのかもしれません。けれども死は他人事《ひとごと》ではないし、他人にはあって自分にはないものでもない。

この主題に入る前にもう少し、日常における死というものを具体的に考えてみたいと思います。

戦後、昭和三〇年代ぐらいまで、東京でも自宅で亡くなる人の割合が六割を超えていました。いまでは九割以上の人は病院で亡くなる。ということは、家庭は死と出会う場所ではなくなったということです。私たちは、病院に死を隔離《かくり》したのです。これがいいか悪いかは別として、それだけ死が抽象的なものになってしまったということがいえるわけです。

「生老病死《しょうろうびょうし》」という言葉がありますが、これを四苦《しく》、四つの苦しみといいます。四苦とは人間が辿《たど》らざるを得ない運命ですが、私はこれを自然と呼んでいる。自然とは、「意識的につくらなかった」ということを意味します。私たちは、意識して生まれてきたわけではありません。自然に生まれた。そして、嫌《いや》だと思っても日を追うごとに老《ふ》け、最後には病気で死ぬ。これらは自分たちの意識となんら関係がないところで起こる。これは、当たり前のことです。

しかし現代社会は、生まれるところは病院で、病気になったら病院に行き、死ぬのも病院と決まっています。「生老病死という、ほんらい人が持っている自然な部分は見ないことにするという社会」になってしまっているわけです。

ある質問

私が東大を去るときのことですが、こんな話がありました。

東大は、定年が六〇歳と決まっているのですが、私はその前に辞《や》めることを決意していて、教授会で後任の選考をお願いする挨拶をしました。それも了承され、教授会が終わった後、病院の教授の先生が、私に質問をされた。「今後、どうされるおつもりですか」と。

私は、二七年間、東大でしか勤めたことがありません。辞めてみなければ、辞めた後の気持ちなどわからないし、辞める前では想像さえもつかない。ですから、率直にそう申しあげました。すると、その先生はすかさず、「そんなことで、よく不安になりませんな」とおっしゃった。私は、思わず「先生も、いつか何かの病気で亡くなられると思いますが、いつ何の病気でお亡くなりになるか、教えてください」といい返してしまった。すると、「そんなことわかるはずないでしょ」とおっしゃるものだから、私も「それでよく不安になりませんな」と申しあげた。

この問答《もんどう》ではっきり現れるのは、この先生は現代人である、ということです。自分が死ぬことよりは、定年になって、その次にどうするか、ということのほうをはるかに現実的な問題として受け止めておられる。もっとはっきりいえば、現代人とは、自分は死なない、と思っている人のことです。それが、日常から「死」がなくなったことの意味です。

人々は、なぜ死を病院に入れてしまったのか。それは、死をできるだけ「現実」でないようにしたいからです。生老病死のような自然は、人間の意識がコントロールすることはできない。現代人は、意識できるもの、つまり自分の頭で考えられることだけを現実として受け止めてきた。だから、意識にないもの、生老病死などの自然を嫌う。人工島などが典型ですが、地面からして人がつくったものがいちばん安心できる。裸《はだか》の地面が出ていると気に入らない。だから、道路もコンクリートで舗装《ほそう》して、人工的なものにつくり替えてしまう。

人間のからだについても同じことで、いまどき裸で歩いている人なんていません。私が裸で歩いていたら、お巡《まわ》りさんに捕まってしまう。考えればおかしなことで、裸の私というのは、どんな格好をしていたとしても、基本的には私が意図的に設計した姿ではない、いわゆるありのままの自分です。私の意識の及ばない、私の責任下にない姿が表に出てきて捕まるなんて、変な話です。

しかし、「都会」という意識による世界をつくると、裸のからだはそこから排除されていく。文明化すればするほど、つまり都市化すればするほど、意識ではつくり得ない自然なもの、つまり裸はダメになる。私が子どもの頃は、裸やふんどし姿で働いている人をごく普通に見ていたし、お母さんが電車の中で子どもにお乳を飲ませているのも、ごく当たり前の景色でした。いまはそんな光景はありません。現代は、人の意識がつくらなかったものは置かない世界なのです。

家から死を締めだす

現代社会にいると、私たちにとって生老病死は現実でなくなります。仕事を辞めることははっきりとした現実であり、実態であるのに、自分が死ぬことは現実ではない。夢の世界です。

だから、いまの若い人が『平家物語《へいけものがたり》』や『方丈記《ほうじょうき》』を読んでも、あの世界観をまったく理解できないのではないでしょうか。「祇園精舎《ぎおんしょうじゃ》の鐘の声　諸行無常《しょぎょうむじょう》の響《ひびき》あり」とあっても、なんだそれは、ということになってしまう。いまの若者にとっては、諸行無常は抽象的な言葉にしかすぎません。

私は、この世は諸行無常だと感じます。すべてのものは変わっていく。変わるに決まっている。「一億玉砕《ぎょくさい》」「神風《かみかぜ》特攻隊」がいつの間にか「平和」「民主主義」「マッカーサー万歳」に変わっていった。すべては諸行無常です。

『平家物語』では後白河《ごしらかわ》法皇以外は皆亡くなりますが、私はこれを死者を悼《いた》む挽歌《ばんか》と思っています。中世の人にとっては人が死ぬことは、あまりにも当然の現実でした。当時の絵画を見ても、人の死体が克明に描きこまれていて、それが現実の写生であることも歴然とわかります。

『方丈記』を著《あらわ》した鴨長明《かものちょうめい》も、「ゆく河の流れは絶《た》えずして、しかももとの水にあらず」と冒頭で語っています。これはたいへんな歴史哲学だし、生物学的に見てもその通りだと思います。生物のからだの物質は絶えず入れ替わっているわけで、昨日の自分ときょうの自分はまったく違うものだということも、あり得るのです。ちょうど河を流れる水が、その瞬間ごとに違っているのとまったく同じように。

『方丈記』の時代は、たいへんな時代でした。戦乱、飢饉《ききん》、震災《しんさい》、大火、あらゆる災害が都を襲った。養和《ようわ》（一一八一－一一八二年）の飢饉では、死体が町にあふれんばかりとなった。その数は、左の京だけで四万二三〇〇であったと、長明は淡々と記しています。いまの人は、これらの書物を肌で読むことができないだろうと思います。だいたい、東京都内に一二〇〇万人もの人間が住んでいて、小指一本落ちていないのだから。

戦後の混乱期には、多少、鴨長明と同じような状況を見た人もいたでしょうが、どのくらいの人がそのときの光景を、『方丈記』に重ねたかを考えてしまう。古典には、短くも簡潔にまとめられた文章の中に、多くの生老病死を含めた社会が見事に描かれています。

しかるに、現代は、社会からも家からも、死ということを締めだしてしまいました。たとえば建物がいい例です。ある建設会社から「あなたの考える普通の建物」というアンケートに四〇〇字で答えるように依頼された。私はそのとき、「その中で生老病死が起こる建物」と答えました。人が生まれて、年をとって、病《やまい》になり、死ぬことができる建物を、私は普通の建物と呼びたい。昔の家はそうだったのです。家は人が生まれ、死ぬところでした。現代はそうではありません。

私がまだ四〇代で現役《げんえき》だった頃、高島平《たかしまだいら》の団地で亡くなった方をお引き取りに伺《うかが》ったことがありました。着くと、当然、棺《ひつぎ》に入っておられましたが、エレベーターの前まで運んでいって、はたと気がつきました。サイズが合わなくて、棺が入らない。仕方がないので、その「寝ている人」を、縦《たて》に起こして階下まで降ろしました。この団地は人が死ぬことを考えずにつくられたな、と思いました。後で聞いたところによると、若い夫婦がしばらく住んでから郊外へ引っ越していくことを予測して建てられた団地だったそうです。

「私」よりも「椅子」

元禄《げんろく》の学者であった荻生徂徠《おぎゅうそらい》は、江戸の人を評して「旅宿人《りょしゅくにん》」と呼びました。江戸の人間というのは居所や職業を簡単に替えて、はっきりいえば無責任だ、といっています。現代の都会人――典型的なのがアメリカ人ですが――も住処《すみか》を替え、職を替える。徂徠がいう旅宿人となんら変わりがありません。

皆さんの意識の中にあるかどうかはわかりませんが、現代日本は、全体が都市になった。どこに行ってもテレビのつかないところはないし、欲しいものはいつでも手に入る便利な場所になりました。日本人全体が、どんどん旅宿人になりつつある。

しかし、そうすると何が起きるか。旅宿人は意識の上では、執着《しゅうちゃく》する土地も職もないから無責任、裏を返せば、自分自身を何か頼りない、寄《よ》る辺《べ》ない身の上と感じています。

歴史を通じて、その都会人たちの精神の拠《よ》り所《どころ》となったのは、宗教でした。紀元前数千年の昔から都市の民だった人たちは誰でしょう。ユダヤ人です。ユダヤ人とは人種的な定義ではなく、ユダヤ教を信じる人たちですが、彼らの職業を考えてみていただきたい。シャイロック（シェークスピアの『ヴェニスの商人』に登場する高利貸し）の時代からユダヤ人の主な職業は金貸しでした。金融業は都市でなければ成り立たない。ブータンのように典型的な農業国ではお金は役に立たない。自給自足を基本とする物々交換で、十分生活が間に合うのです。「お金の世界」に住むことができるのは、やはり都市の人間だけです。

しかし土地に執着し、共同体の論理で動く農村文化とは違い、都市文化は商工業がそうであるように、流動的で心もとない。人々にとっては何か頼れるものが必要です。

都市の住民で、アイデンティティをなくさずに何千年も生きるには、明確なイデオロギーが必要であり、それがユダヤ教だったのでしょう。

いまや都市となった日本の人々は、いったい、何に頼っているのでしょうか。それは、どうやら宗教ではなく、組織のようです。会社に頼り、官という組織に頼る。自分が組織に属してはじめて安定感を感じる。

しかし、組織なんていうものは、じつはまったく当てにはなりません。うっかり総務部長などになると、総会屋との対策に回され、挙《あ》げ句《く》の果てに警察の手が延びて組織から追いだされ、そのときにはまわりは知らぬふりです。

にもかかわらず、個々人の考えよりも、組織の中でどのように行動するかということのほうが重要なのだ、と考えているのがいまの日本人です。彼らは「組織」という強いイデオロギーで引っぱられています。

私は東大を辞めるときに、組織というものの本質をはっきりと認識しました。私の正式ポジションは、東京大学医学部解剖第二講座担当教授というものですが、三月に辞めると四月からこのポストが空《あ》く。大学では教師の椅子の数は七十数個と決まっているから、教授会では次にこの椅子を誰に与えるかを話しあう。だから、そこにもともと存在しているのは「椅子」であって、人である「私」ではないことになります。

ときどき、まるっきりの冗談《じょうだん》でもなく申しあげるのですが、日本の組織では、名刺には肩書を大きく中央に置いて、自分の氏名をゴム印で横につけていったらどうだろうか。人が代わっても、そのポジションは残るわけだから、次にそこに来た人が、同じ名刺にゴム印で氏名を押したほうが、ずっと実情と合っていて理にかなっていると思うのだが、と。

そして、そのほうが、ポジションに左右されない、自分とは何か、ということを考えられる機会が多くなるように思う。私たちが組織のある座を占《し》めているのは仮のことにすぎない。『方丈記』の河の如《ごと》くです。諸行無常の世界です。

ひたすらおとぎ話をつくってきた

最後に「戦後の日本」は何だったかというと、私は「急速な都市化の過程」であると定義します。高度管理社会だの民主主義だのといろいろな言われ方をしますが、私の目には、日本は要するに、まっしぐらに都市化した、と映っています。つまり世の中が意識化した、ということです。

これは「脳化」ともいえるのですが、人間は脳の世界、つまりはおとぎ話の世界をひたすらつくってきた。つまり人間の考えが及ぶものだけをつくった。暑ければエアコンを入れ、寒ければヒーターをつける。いまの皆さんには当たり前のことでしょうが、私の小さい頃はまだそんな時代ではなかった。暑ければ暑いし、寒ければ寒かった。

阿弥陀経《あみだきょう》には、古代インド人が思い描いた「極楽《ごくらく》」が綿々と書かれています。そこには「極楽は暑さ寒さのないところ」とある。古代インド人が考えた極楽を、現代人はつくってしまった。それは、私たちの頭の中の世界、考えの世界だ、ということなのです。その世界に住んでいる私たちにとって、生老病死が取り残されていくのは当たり前なのです。なぜなら、それは人間の考えの範囲には入らない。考えて病気になったり、年老いたりできる人間はいない。

いまの社会は、外界の自然も、人間が本来もっている自然さえも、人間の意識が覆《おお》ってしまった世の中といえるのではないでしょうか。

「世間」を出る

お寺か国か

私は解剖を長い間やっていたので、宗教の方々とはなんらかの形で、具体的にぶつかることがありました。その典型が、死者の扱いです。

東大医学部で解剖の主任教授をしているときに、解剖体慰霊祭《いれいさい》の問題が起きました。東大では慰霊祭を谷中《やなか》の天王寺《てんのうじ》でずっとやっています。お墓もそこにあり、お骨《こつ》をそこに納める。遺族の方が引き取られないものがあるので、天王寺に大きな墓所があり、そこに納める。われわれは胎児をたくさん扱うので、これを千人塚に納める。明治以来それをやっています。

慰霊祭は医学部長が主宰《しゅさい》してやるのですが、天王寺という寺で行うことに対して、ある時期から、国立大学としてそれは問題だ、という投書が来るようになりました。

後に東京大学総長になられた森亘《もりわたる》先生が学部長だったときに、私が解剖の主任になりました。森先生は以前東京医科歯科大学におられたのですが、医科歯科大では慰霊祭を築地の本願寺《ほんがんじ》で半分やっている、とおっしゃった。場所は本願寺ですが、まず無宗教という形でやる。次に、ここから先は仏式ですからといって、お坊さんを呼ぶ。このように慰霊祭を半分に切ってやっている、と森先生はいわれました。

新設大学では、学内に納骨堂を持って、献花式つまり花を捧《ささ》げるという形で、教授ないし偉い先生が主宰してやっておられるところがかなりあります。

「東大も考えてください」と私は森さんにいわれて、考えただけではなくて、さまざまな専門家の方にいろいろ話を伺いました。そのとき、私の素人《しろうと》の頭の中にすぐ浮かんできたのは靖国《やすくに》問題でした。たまたま靖国がいろいろ問題になっており、「ジュリスト」（法律雑誌）にその特集があった。そこに、政府の委員になられた方の意見が、的確にかいつまんで要約してあった。それに全部目を通した。私の出した結論は、いままで通りということでした。ともかく私の現職である間は、天王寺における解剖体慰霊祭をやめない、ということにしました。

「ジュリスト」の中に出ていた意見は、大きく分けて三つありました。一つが政府のいうような形、もう一つがそれに反対する意見、その真ん中に中立意見がある。中立とは何かというと、要するに、靖国のようなところで英霊を祀《まつ》るのがいけないのであって、中立の墓地に置けばいいという考えです。これは、じつは新設医大が献花式を行っているのと同じです。

私は北里《きたさと》大学に移って、この間、献花式に出ました。大学の方針を別に批判する必要は何もないのですが、これは非常に奇妙なものでした。慰霊祭というのは一種の葬儀です。いっさい宗教色がないという形で儀礼をやっていると、やはり何かおかしい。つい私は「これは宗教儀礼じゃないの」といってしまうわけです。

東大のときも、新設医大がそうやっていることは知っていたので、法学部の宗教関係の先生のところへ伺いにいきました。じつは、解剖するのは献体《けんたい》された方がほとんどなのです。法学部の先生は、そのことを知ると、それでは、そういう団体の代表の方に主宰してもらったらどうですか、といった。

私は、それは話が違うと思いました。というのは、献体された方は、いってみれば慰霊祭における被害者であって、私たちは加害者です。加害者だからお祀りしているのであって、被害者が代表してそれをお祀りするのでは奇妙な話になる。それは筋が違う。私は当事者として、そういう気持ちを持ちました。というわけで、いまだに東大は谷中の天王寺でやっているはずです。

じつは解剖体慰霊祭というのは、日本で最初に官許の解剖を行ったといわれている山脇東洋《やまわきとうよう》が最初にやったことで、一七五四年のことでした。宝暦《ほうれき》四年です。日本ではその後、解剖があるたびに必ず慰霊祭をやってきました。ずっと続けていることですから、戦後に成立した憲法となんら関係がないと私は思う。憲法違反だという方には、私に相談なく憲法が変わったんだから、といっています。

「ジュリスト」では、その法学部の先生とか曽野綾子《そのあやこ》さんが中立な意見でした。靖国でやるからいけないんで、千鳥ケ淵《ちどりがふち》のような中立のところでやれ、といっていた。これはやはり新設大学の献花式と同じことです。

私は、考えがちょっと浅いんじゃないかと思いました。つまり問題になっているのは、国家の一部である行政機関が、宗教行事を主宰するということなのです。

それでは、千鳥ケ淵なり中立のところで献花式を一〇〇年続けてやっていったらどうなるか。私は、それこそ国が宗教行事を主宰するということではないのか、と思います。お寺さんにお願いしてやっているから、やめようと思えばいつでもやめられるのです。私はそういうふうな考え方をとっています。だから、こういう慰霊祭のようなことは、私たちの感覚では、本来お寺が仕切ることとです。この感覚が、継承されてきたことと、どのくらい関係があるかはわかりませんが。

日本人は偽善的

共同体という言葉は、皆さんは普段、あまり使われないと思います。日本ではこれを「世間」という。「共同体」というのは学者の言葉で、間違いなく翻訳語です。社会という言葉も同じです。

日本語に、共同体や社会に相当する言葉がなかったのはどうしてか。私は、日本人は「世間」の中にしかいたことがないからだろうと思います。大陸の国だと、よそから別な「世間」が侵入してきて、それとぶつかりあう。チャイナタウンという横浜の中華街がありますが、そういうものがたくさんあると、共同体同士がぶつかるから、お互いに「自分たちはこうだ」という客観的な見方ができてくる。その過程で、共同体という言葉が成立してくるのだと思います。しかしわれわれにとっては世間で十分であり、共同体という言葉はいらなかったのだろうと思います。

日本には小さな「世間」がたくさんあります。お寺も世間でしょうし、近所も世間でしょう。私は大学にいましたが、大学も典型的な世間です。私からいうと、学界はもっとはっきりした世間です。私が外国人であれば、学界は共同体だ、というと思います。

私が死の問題について非常に気になったのは、メンバーシップという問題でした。すなわち、共同体との関係で、「世間」に入れてもらえるのはどういう人で、出ていくのは誰か。メンバーとしての資格は何かということです。

日本全体という大きな共同体をとると、まず第一に、そこに入れてもらうのは非常にむずかしい。両親が日本人で、日本に生まれて、日本で教育を受ければ、まず問題なく通る。ただし、それも赤ちゃんとして生まれてからの話です。新生児の段階で世間に入る。では、胎児はどうかというと、日本では人間ではない。母親の一部です。外から見えないので、これを中絶することは日本ではなんの問題でもありません。

アメリカではこれが大問題になっていることはご存じの通りで、クリントンが全米において人工妊娠中絶を自由化して、その結果、一部の保守的な団体から、医者あるいは診療所に対するテロ行為が発生しました。妊娠中絶は殺人だ、と称して医者を殺したりしているのですから、わけのわからないことをする人たちだな、と思いましたが、これが日本人の常識的な受けとめ方だろうと思います。

つまり、彼らの人間規定は胎児から始まっているのです。日本で、産婦人科学会がヒト受精卵の取り扱いに関する倫理委員会をつくったときに、私は本当のことをいって、腹の底で笑いました。

胎児ですら人間でない国が、なぜヒトの卵《らん》の取り扱いに倫理という言葉をかぶせるのか。そういうことをやっているから、日本人は偽善的なんだよ、と笑ったのですが、皆さんの感覚もおそらくそうじゃないかと思います。これはヒトの卵だよ、といって食わされたって、別に何もお感じにならないのではないでしょうか。実感がないのではないかと思います。

さわらないようにしてきた問題

私は解剖で人体の展示をやっていましたが、一つだけ絶対に展示できないものがありました。それは先天異常児、奇形児です。これはどんな場合でも、展示にかかわってくる職員が嫌がる。こんなものは出さないほうがいいと必ず強く主張する。

皆さんもなんとなくおわかりでしょうが、はっきりいって、日本の世間に入れてもらえるためには五体満足である必要があります。厚生省（現・厚生労働省）の統計に出ているから、いっても問題ないだろうということで、いってしまいますが、日本では、サリドマイドベビーといわれる重症サリドマイド児の七五パーセントが死亡している。一方、欧米では同じ診断の子どもさんは二五パーセントしか死んでいない。つまり、日本では、残りの五〇パーセントは間違いなくなんらかの形で、生まれた状態で自然に死ぬに任せ、間引くような形になっています。

日本は非常に外形を気にする国です。儀礼というのも、型とか形とかに強くこだわりますが、それはそのまま人間の形にも応用されている。平成の世の中になるまで、日本には「らい予防法」がありました。この病気は、ご存じのように顔の形、手の形が変わる。「らい予防法」は、こういう人は外に出るなというものです。こういう特定の病気の患者さんを、収容所に閉じこめるという形の法律を、ついこの間まで持っていた国は、おそらく世界で日本だけだろうと思います。

「世間」という共同体が変質してきた半面で、どこが変わっていないかを考えてみたいのです。変わっていないのは、たとえば世間に入ってくるための資格です。遺伝子の出生前診断は、日本で急速に浸透する可能性があります。テレビでも取りあげていますが、これは非常にむずかしい問題です。間引きの思想にいわば共鳴するからです。

私たちが持っている共同体のさまざまなルールは、言葉にされていない。私は非成文憲法、文章に書かれていない憲法と呼んでいます。言葉にしていない分だけ、強い禁忌《きんき》、つまりタブーとなる。奇形児問題がそうです。私は何も伏せてあるそのふたを開けるのが正しい、といっているのではありません。いまの状況がいけない、といっているわけではありません。

そういうことを言葉にしていってしまうと、つまり言語化してしまうと、人の感じ方、考え方が変わってしまう可能性が確かにある。奇形児問題とは、だから、さわらないようにしておこうよといって、いままでそのままにしてきた問題だ、と私は理解しています。

学歴の正体

「入ること」のうるささに戻ると、大学の入学試験がまさにそうです。入試が日本ぐらいうるさい国はありません。いったん入試で大学に入ると、こういう講演会ですら、略歴として昭和三七年東大医学部卒を書かなくてはならない。もういい加減に忘れていいんじゃないかと思うが、何事も水に流すという国にしては、いつまでたっても学歴を書かせられる。

大学に入るのは非常にむずかしいが、出るのは易《やさ》しい。これが学歴の正体です。なぜかというと、いったん入ったら出られないからです。私が、いまだに略歴で東大医学部卒と書くことは、東大をいわば出ていないということです。

もし、私がとんでもない不祥事《ふしょうじ》を起こせば、たぶん同窓会は私の名前を名簿から抹消するでしょう。それが共同体の原理ですから。

では、日本の「世間」から出たいと思ったらどうするか。亡命《ぼうめい》する日本人というものを、私は聞いたことがない。蒸発するか、消えるか。それでも関係者に見つかるとうるさいことになるので、できるだけ人の知らないところに行く。ラオスとかベトナムなどに昆虫《こんちゅう》採集に行くと、とんでもないところで日本人が住んでいるのに会うことがあります。私は、パリでホームレスの日本人に会ったこともある。東京でやっていたほうがいいと思うのだが、なぜパリまで行くのか。たぶんパリまで行ったほうが、知り合いに会う率が少ないからでしょう。

もう一つ、確実に日本の「世間」から出られる方法があります。自殺です。侍《さむらい》の場合には、これを切腹《せつぷく》といって、儀礼化、儀式化しました。よく「死んだらチャラ」といいますが、まったくその通りであって、切腹すればチャラにしてやるということだと思います。

日本は自殺大国で、ここのところの不景気で、昨年（一九九八年）は二万四〇〇〇人の方が自殺している。交通事故は相変わらず一万人を切らないのですが、私はこの中に未必《みひつ》の故意《こい》による自殺がかなり入っていると見ています。

この世の中、日本が嫌になったときにどうするか、死ぬのがもっとも簡単です。そうするとチャラにしてもらえる。どのくらいチャラにしてもらえるかは、葬式に行って死んだ人の悪口をいってみればすぐわかります。「とんでもない、もういうな」といわれます。

日本の共同体は義理がたくて、非常に温《あたた》かい面を持っていると思いますが、同時に、裏があります。死んだらもう利害関係がないのだから、つまりわれわれの利益をじゃまするわけじゃないのだから、いまさら悪口をいうなという面があります。これはきわめてドライな考え方とも見えます。死んでしまった以上は、あいつは外《はず》れたんだと見る。私は、死は「ムラ八分」の原理に近いんじゃないかと思います。死んだということは、じつは共同体から抜けたことを意味する。死んだらホトケになるというのは、即座にホトケになるのであって、共同体のメンバーでなくなったということです。

日本共同体のルール

脳死後臓器移植が非常に話題になりました。なんで戦争が起こったような大げさな活字で書くんだ、と私は文句をいいました。死ぬということは日本ではホトケになるといい、すなわち共同体から離脱することを意味しています。共同体から離脱する状況を医者が勝手に決めるとは何事かというのが、梅原猛《うめはらたけし》さんなり立花隆《たちばなたかし》さんなりの頭にあった感情ではないかと私は思います。共同体に入るところと出るところの規則を決めるのは、日本共同体、すなわち「世間」の人のすべてが基本的に納得するルールじゃなければいけない、という感情です。

私立大学で、建物を一つ寄附してくれた人の息子を入試なしで入れてやるとか、形式だけの入試で入れるとかすると、たぶん日本では不正入試騒ぎになるのではないかと思います。実際、新聞は不正入試とでっかく書いている。それは、共同体に入るところのルールが、公平で誰でも認めるものでなければいけない、ということではないかと思います。

死ぬところもまったく同じで、全員がこういうのが死んだんだよ、となんとなく了解していることが必要です。それを医者という職業の人が勝手に変えていいのか、というのが脳死の問題だったのだと思う。札幌医大で和田寿郎《わだじゆろう》さんが心臓移植をやったとき、病理の先生が殺人罪として告訴したのも、それゆえです。

大阪大学だったと思いますが、たいへんおもしろいと思ったことがあります。臓器移植法案が出る前に、法医の先生が自分のご意見として、脳死の方を死んだとみなして死亡診断書をお書きになった。そうしたら、それを止めたのは警察なのです。

人が死ぬと、死亡診断書を書く権限があるのはお巡りさんではない。医者です。アメリカの推理小説を読まれるとよくわかると思いますが、五体バラバラになった人が見つかる。発見者の次に警察がまず来ますが、警察は何をするか。警察は、現場を徹底的に保存する。次に何が来るかというと、検死官がやってきます。「これは死んでいる」といってはじめて、死んだということが確認される。誰が見たって死んでいるのだけれども、死を判定するのは検死官の権限です。これが、言語によって規定される社会の姿です。

ところが、日本は、ご存じのようにそういった問題を言語で明確に規定せずに、さまざまな形で規定してきました。それはそれで非常にいい面があった。世界の大都会で、若い女の子が夜平気で出て歩けるのは東京だけだとよくいいます。こういう社会をつくってきたのは、確かに共同体の暗黙のルールであると思います。

おもしろいことに、共同体が持っていたルールの中で、近代の都市社会に共鳴しているものは非常に強くなっています。脳死問題は、その典型だろうと思います。あれがなぜ重大問題かということを誰も解説しない。それで、脳死の解釈とかさまざまな細かい説明が多いが、あれは要するに共同体のメンバーシップをある人が外れるのであって、その外れるときの条件の問題だといってもらえば、多くの人がすっきりするんじゃないでしょうか。

つまり誰かを「ムラ八分」に、つまり死んだとみなすのだけれども、あんな状態で死んだとみなしていいのか、というそれだけのことです。それをするのに、全員の合意を取るか取らないかで、もめる。しかし、本当のことをいうと、取る必要も何もないと私は思います。なぜかというと、脳死になる人は少ないのです。一万人に一人ぐらいしかない。日本大学の先生が発見されて現にやっているような脳の冷却療法のようなことが、どんどん進むと、これからは脳死の人なんて、ほとんどいなくなってしまうかもしれない。そうするとドナーがないから、移植もできないということになります。

世界の迷惑

ただ、脳死問題には、別な面からの大きな心配があります。腎《じん》移植では、東南アジアまで行って、一〇〇〇万円以上、数千万円のお金を払って移植を受けている方が、後を絶たない。その実数を把握できないのです。

これはある意味では、世界の迷惑だといえる。お金があるから日本人はやれる。しかも、ドナーがどういう人かわからない。向こうもあるシステムを持っていて腎臓を供給するわけですから、ひょっとすると生きている人のものを持ってきているかもわからない。五〇年もたつと、フィリピンとかインドあたりからお婆《ばあ》さんがやってきて、「ほら、私のここに傷跡があるでしょう、この腎臓を日本人にあげました」というかもしれない。一種の従軍慰安婦問題になりますよ、と私はいっているわけです。

そういうことまで考えなければならないのです。日本という共同体は、世界とちゃんとつきあわなければいけない時代になっています。経済でも、まったく同じような問題が起こる。私は、共同体の原理がフリクション（摩擦《まさつ》）を起こしているところに身を置いていたので、気になります。

私は共同体を否定しているのではなく、それをいかに言語化するかを考えなければいけないと思っているのです。共同体のルールを、儀礼から言語へ動かすことを、おそらく都市はずっとやってきたのですが、これが上手にいったかというと、そこにまたむずかしい問題がある。

いちばんいいのは何か。先に結論をいっておくと、田舎と都会が同居できることだと私は思います。日本の最大の問題は、田舎が消えて都会ばかりになっていることです。田舎に行くと、田舎の爺《じい》さん、婆さんがコンビニで弁当を買って食っている状況になっている。これはやっぱりおかしい。だから、田舎と都会をいかにして共存させていくかということが、これからの日本の問題です。

もし東大医学部が臓器移植をやるようになっても、谷中の天王寺の慰霊祭が共存しているのがいい社会だというふうに私は思います。

第2章　肥大する現在

「時間」病

GNH（グロス・ナショナル・ハッピネス）

この前、ベトナムに昆虫《こんちゆう》採集に行きました。じつはもっと前に行くつもりだったのですが、NHKの仕事が入って、ブータンに行くことになり、それでベトナムには行きそびれていました。ベトナムから戻ると、たまたまブータンでお世話になったお寺の、日本でいえば和尚《おしよう》さんが日本に来ておられたので、ちょっとお顔を見に伺《うかが》ってきました。

私はブータンの言葉はまったく話せません。ですからお話をしたことはないのですが、顔が見たくて伺いました。私が住んでいる鎌倉もお寺が多いところで、お坊さんがたくさんいます。しかし、顔が見たいお坊さんはそれほどいない。ところが、ブータンから来られたお坊さんは、どうしても顔が見たい。ベトナムもそうだし、ブータンもそうなのですが、行けば子どもだった頃のことを思いだします。

ブータンでは、まだ車がほとんど使われていません。荷物運びは馬でやっています。私が子どもの頃の鎌倉の町がそうでした。牛馬が町を歩きまわっていましたから、牛ふん、馬ふんが落ちていた。それを踏まないように歩く技術は、子どもの頃に身についていた。ブータンに行って、さっそくそれを踏んづけてしまいましたが、すぐにあの技術を思いだし、気をつけて歩くようになりました。

ブータンでは、貨幣経済がまだよく浸透していません。要するに農村です。町といっても、いちばん大きな町が人口二万人。日本でいうと村ぐらいにしか思えない。そしてテレビがない。これは国策としてテレビ放送をやらないのです。

ブータンの国王は若いおもしろい方で、国の方針をGNHといっています。日本はGNP、グロス・ナショナル・プロダクトですが、ブータンはグロス・ナショナル・ハッピネスを追求するというわけです。そういうところへ行っていると、まず第一に気分がのんびりしてからだに非常にいい。一緒に何人かの人が行ったのですが、皆さん口をそろえていっていました。東京にいると必ずどこか具合が悪い、しかしここへ来ると治《なお》ると。

これは何かということを考えました。よく新聞や書物で、日本の近代化ということがいわれています。近代化という言葉はたいへんあいまいな言葉で、考えてみるとよくわからないところがあります。私は、近代化という言葉を使うよりは、むしろ戦後の日本は「都市化」といったほうがいいと思う。このほうがはるかに具体的に話がわかるような気がします。

都市化という言葉からながめると、東南アジアのいろんな国に起こっている現象が直《ただ》ちに理解できます。ベトナムへ行くためにバンコクを通りましたが、バンコクも都市に変わりつつある。四ヵ月ほど前にはクアラルンプール、それからジャカルタに行きましたが、こちらはすでに大きな都市です。こういった都市化が、戦後の日本で急速に起こった。そのいちばんわかりやすい例が、日本中の町に銀座ができたことだ、と私はよく考えます。

四角い空間の中のルール

都市がどういうものかをごく図式的に述べてみます。大陸はどこでも同じですが、都市とは、四角の中に人が住むところです。日本であれば、ご存じのように、もっとも古い形で都市ができてくるのは、吉野ケ里《よしのがり》のような堀で囲まれた空間です。それがきちんと成立したのが、平城京、平安京です。日本は不思議なことに城郭《じょうかく》を置いていない。大陸諸国では必ず周辺を城郭で囲う。その内部が都市です。

ヨーロッパの中世だと、典型的な城郭都市になります。現在でもこれはたくさん残っています。日本人の旅行者が、こういう町を訪問すると、非常に古い中世にできた町なのに、道路が全部舗装《ほそう》してあるといって感心します。舗装といってもコンクリート舗装ではなく、敷石《しきいし》ですが。これはじつは都市のルールだ、と私は考えています。

いったいどういうルールか。都市という四角い空間の中には、自然のものは置かないというルールです。そこでは自然は排除される。たとえ木が植わっていても、それは人が植えたものです。そこにしつらえて置いたものです。都市という空間をそういうふうに考えると、非常によく理解できるような気がします。

日本の場合、城郭を置かないので、都市というものの姿が、はっきりわからないのかもしれません。近代日本の場合は、この島全体を都市とみなすような傾向になってきたのではないか、という気がします。それを中央集権化とか、近代化とか、さまざまに表現をしていますが、要するに四角で囲まれた空間の中に人が住むようになったのです。

この中では自然が排除されると述べましたが、では代わりに何があるのか。四角で囲まれた空間中に置かれるものは、基本的に人工物です。人工物とは何かといえば、私どもが考えたものです。意識的に置いたものです。あるいは意図的に置いたものです。意識されないものは、そこには置いてはいけないということです。そういう世界が都市です。ですから、都市化が進行すると何が起こるかは、この原理で比較的簡単に読めます。

それを端的《たんてき》に示しているのが、私どものいるこの空間です。この建物がそうです。これは人が完全に意識的につくりあげたものです。ほんらいこんな空間はなかった。この空間は、設計してつくられたものですから、もともとの段階では設計者の頭の中にあったものです。それが、設計図として表現された。

その設計図に従ってつくられたものですから、われわれが座っている場所は、じつは建築家と内装をやった方の脳の中、頭の中です。頭の中ですから、そこではすべてが意識化されていて、予期せざる出来事は起こらないことになっています。

そういうことが起これば、それは不祥事《ふしょうじ》と見なされます。先日、九州に行って、ホールで話をしていたら、足元をゴキブリがはっていた。これは典型的な不祥事とされます。ゴキブリはこういう空間には出てきてはいけないのです。なぜいけないかというと、それは自然のものだからです。

設計者、内装者は、そこにゴキブリが出てくるということを全然計算に入れていない。したがってそれはあってはならないものです。ですから、ゴキブリが出てくると、大の男が目をつりあげて追いかけていって踏みつぶす。自然の排除という原則が、いかに強く都市空間では貫徹しているか。私には、それを示しているように見えます。

こうやってつくりだされた人工空間は、世界中どこでも同じ性質を持っています。そういったものを城壁で囲うのは、案外利口な知恵で、この中だけだよ、という約束事をそこで成り立たせている。ですから、ちょっとでも外へ出れば、ふたたび自然の浸透が始まる。そして人工空間から離れれば離れるほど、自然が強くなってきます。

都市空間の中は、すべてが人の意識でコントロールし得るという世界ですが、この外に行くとしだいに意識でコントロールできない部分がふえてくる。そして、最終的には完全にわれわれがコントロールできない世界、すなわち自然そのものが出現してきます。

人体という自然

ヨーロッパの場合であれば、自然の世界は森です。西ヨーロッパの歴史をご存じの方は、よくおわかりだと思いますが、じつは現在の西ヨーロッパの歴史は、森林を削《けず》ってきた歴史です。どんどんどんどん森林を削った。いま私どもがドイツ、あるいはフランスあたりで見る広々とした平原は、ヨーロッパの森を削った跡です。

森を削っていく過程が、中世から現代に至るヨーロッパの歴史であり、一九世紀の終わりにはヨーロッパは森を削り終わっている。ポーランドに、森林性の野牛が最後に生き残っていたのが一九世紀の末でした。

そういう形で森を削っていくわけですが、森に住む人も当然いました。中世に森に住んでいた人たちはどういう者かというと、グリム童話でもお読みになればすぐわかるように、魔物《まもの》です。ヘンゼルとグレーテルの魔女は、森に住んでいるし、赤ずきんのオオカミは、人の言葉を解し話しますが、人ではなくオオカミです。

森に住む人は、都市に住む人とまったく違うルールで生きています。おとぎ話を書き残す人たちは、どちらの人かといえば都市の人です。その人たちにとっては、森に住む人たちは人ではない、なんらかの意味で魔物でした。

こういうルールは、世界中どこでも同じ、歴史上どこでも同じように見えてきます。たとえばこの都市というものの中に、やむを得ず発生する自然があります。日本の場合には、震災《しんさい》や台風という自然がある。一九九五年は神戸の地震がありましたが、この自然というものは、意識の外にある。神戸の地震を予測した人はない。そういう予期せざる出来事が生じる自然というものが、都市の中に一つだけ、どうしても存在してしまう。

どうしても存在する自然とは何か。じつはそれは、われわれそのものです。もっと端的にいえば、人間の身体がそれです。都市の中にやむを得ず発生するものが、人間の身体という自然です。

都市の中で人間の自然が発生するとはどういうことなのか。からだについていちばん困ることといえば、死んだ人です。死んだ人が発生すると、どう扱っていいかわからない。亡くなると人はやがて土に返ります。すなわち自然に戻っていきますが、都市の中で暮らしていると、その観念がないのです。それで、自然に戻るところでうろたえてしまう。都市の人は、そこにさまざまなタブーを置いて、そこから先は考えないという形で仕切りをつくっていきます。

ちょうど心の中に城郭をつくるのと同じことです。そして、その外は無視する。考えないことにするのです。

中世の文献を読むと、そこにはまったく違った世界があることがわかります。ついこの間のこと、私は仕事の都合で『平家物語《へいけものがたり》』を読まされた。『平家物語』なんかを読んでいると、話がまったく違う。あそこに登場する人たちは、直接に人の自然を見ているような気がします。

平重盛《たいらのしげもり》が病気になる。まだ四〇代ですが、具合が悪い。どうも危ない。おやじの清《きよ》盛《もり》が心配して、中国からいい医者が来ているから診《み》てもらえという。当時の福原《ふくはら》、神戸から、京都にやるわけですが、重盛はそれを断る。自分の寿命《じゅみょう》を知っているということだと思いますが、そんな必要はないというのです。

そういう段を何気なく読めばなんでもないのですが、そうでなく見ていると、中世と近世のはっきりした違いが見えてきます。近世、つまり江戸以降、私どもはこの城郭の中に住むようになったのですが、中世の人たちはそうではない。いわば穴ぼこだらけの状況で暮らしていたということです。

古代人と同じ感性

この二つの常識の食い違いが、日本では極端に出ているような気がします。縄文《じょうもん》の人たちは、まさに自然と折りあって暮らしていた。弥生《やよい》時代になると、吉野ケ里に見るようにまず堀を掘って、その中の空間に住むようになる。そしてそれが完成するのがおそらく平城京、平安京という古代でした。古代の人は、中世の人とは違って、私どもに近い感覚を持っています。

『平家物語』の終わりのほうに出てきますが、義経《よしつね》と範頼《のりより》が壇《だん》ノ浦《うら》で平家を滅ぼして、大勢の平家の公達《きんだち》の首を持って帰ってきます。京都でそれをさらし首にするという。京都には、後白河《ごしらかわ》法皇を中心にした朝廷《ちょうてい》があるので、そこの公家《くげ》が相談を始める。そういうことを許すか許さないかという議論です。公家たちは、そういうことはしてもらっては困る、という結論を出します。

それに対して、義経と範頼は断固として聞かない。さらし首にしないというのであれば、われわれが何のために戦ったかわからんというような、そういう感じで強行しました。

ああいうところに、はっきりとした形で、中世の人間と古代の人間の違いが、出ているような気がします。いま、さらし首をやれば、おそらく日本ではたいへんな物議《ぶつぎ》をかもすだろうと思います。それは非常にはっきりしたことです。したがって私どもの感性と、当時の古代の宮廷の感性は同じものだといえるでしょう。なぜ感性が同じかといえば、それは都会人だからなのだと私は思います。

そういう目で東南アジアを回って見ていると、アジアには確かに大きな中心が二つあります。一つが中国です。もう一つの中心はインドです。この間でわずかに残っている仏教国がブータンであり、インドの南端にあるスリランカ、そしてタイ、カンボジア、ミャンマー（ビルマ）、あるいはベトナムです。この辺に仏教国が残っている。さらに東の端には日本が残っている。

あとはチベットですが、こう見てくるとよくわかるような気がします。つまり仏教が生き残っているところはアジアの辺縁だということです。この辺縁には、同時に自然が生き残っています。

仏教というのはおもしろい宗教で、どうも自然なり森なりと共存しないとうまくいかないところがあります。そう考えてみると、戦後にいくつか新興宗教といわれるものができましたが、仏教系のものは明らかに都市型のものです。仏教が都市化していくとむずかしい問題を起こす。一九九五年にオウム真理教問題というのがありましたが、あれも私は都市化した仏教の問題であるという気がしています。

中国でも起こり、とくにベトナムで起こったことですが、やはり仏教が変質してくるのです。都市の思想というものと、自然の思想というものが、その仏教の中でどういうふうに折りあうか、そこにむずかしい面があるのだろうと思います。

私は鎌倉に住んでいますが、日本型の仏教が成立したのが鎌倉時代で、鎌倉仏教と呼ばれているものです。中世というのは、人の自然が正面に出てくる時代であって、古代から時代が変わるのと同時に仏教も形が変わってくる。

都市型の仏教がどうすればうまく成立するかは、よくわからないところがありますが、戦後非常に大きくなったのが創価学会です。鎌倉の町を歩くとよくわかりますが、日蓮宗《にちれんしゅう》のお寺は町なかにある。一つだけ例外があって、それが本山妙本寺《みょうほんじ》で、山にあります。しかし、ほとんどの日蓮宗のお寺は町の中にある。浄土真宗《じょうどしんしゅう》にもそういう特徴があるかもしれません。ところが多くの禅宗のお寺は山にあります。このコントラストは、子どもの頃からずいぶんおもしろいなと思っていましたが、なにか世界的な仏教の分布とも関係するような気がします。

戦後ずうっと、私どもが追っかけてきた近代化には、どんな問題があるのか。あるいは明治以降といってもいいし、あるいはもっと延長すれば江戸以降といってもいい。それが私の言葉でいいかえると都市化の問題点ですが、これがゆとりと関係しています。

虫は偉い！

都市は、意識がつくりだしてくるものです。ところがご存じのように、私どもは意識だけではなくて、無意識というものを持っている。からだがその典型です。皆さん方がいかに心配しようが、心臓は勝手に動いていて、止まるときには勝手に止まってしまう。そういうものを含めて考えれば、私どもは意識だけでできているわけではない。ところが都市というところは、完全に意識化するところなのです。

都市の中で起こる人間の行動を考えてみると、合目的的行動しかしない。私は子どもの頃から昆虫採集をやっていますから、それがよくわかります。虫をつかまえていると、必ず大人がのぞいて、「あんた何してるの」という。「そんなことしてどうするの」と、こういう。そんなこととしてどうするのという質問が求めているのは、なんらかの意識的な答えなのです。ところが昆虫採集に夢中の子どもは、そういう答えができないので、「好きだからやっている」というしかない。そういうふうな行動がなんとなく許されないのだということが、子どもの頃から私にはわかっていました。

その逆が合目的的な行動で、何かのために何かをするということです。ある目的のために何かをするということが、意識的な世界では優先されます。ところが、妙な話ですが、昆虫を見ていると、昆虫もまた非常にしっかりと合目的的な行動をするのです。

東京の都心では、いまでは虫がほとんど見られません。たまたま芝生を見ていたら、カマキリがミツバチをつかまえていた。カマでぼんとつかまえて、腹の一部だけを食っている。捕らえた位置のまま口を近づけていくと、そこに腹がある。で、そこをかじる。かじってどうするかというとそのミツバチを捨ててしまいます。あたりを見てみると二、三匹腹に穴のあいたミツバチが捨ててある。カマキリが何を食っているかというと、蜜《みつ》の袋です。

カマキリは自分が何を食うかよくわかっているのです。友だちにこの話をすると、

「それは甘党のカマキリなんだよ」というのですが、非常に不思議です。ハチもいろんな種類があるわけですが、カマキリはこれはミツバチだとわかっているとしか思えない。そして自分の食いたいところがどこにあるかも、わかっているとしか思えない。しかし、それを考えてやっているとも思えない。

カマキリの脳みそなんてものは、顕微鏡で見なきゃ見えないようなものであって、とてもそんな高級なことを考えているとは思えない。これが、本能と呼んでいる合目的的行動です。

こういう合目的的行動をカマキリがするのを見ていると、本当に感心します。ハチはかみつこうとするのですが、頭が直角方向を向いているのでかみつけない。刺そうとするのですが、針が刺せない。カマでとらえられたミツバチの向きが、刺すのを不可能にしている。そうしてカマキリは、食いたいところだけ食う。こういうふうなじつに見事な行動をします。

人間はこういうことをするときには、まさにいま私が説明したように考えるわけです。こういうふうにすればかみつかれないな、刺されないな、食いたいとこがいちばん簡単に食えるなと、一つ一つ考えていく。人間は、あれこれさんざん考えた挙《あ》げ句《く》の果てに、ノイローゼになったりしているわけですが、カマキリは全然考えないで一発でこれをやっている。そういうものを見ていると、人間が偉いんだか、虫が偉いのかよくわからなくなりますが、これを合目的的行動といっています。

では、意識はこれをどうするのかというと、どうやったらうまくいくかということを考えてやります。こうすれば刺されない、ああすればかまれない、そうやっていくのが、意識のやり方だから、「ああすればこうなる」という考え方が、じつは昆虫がやっている合目的的行動を人間が意識的にやるときの考え方なのです。都市の中の人間行動の原則は、合目的的行動で、すなわち意識的には「ああすればこうなる」なのだということがわかってきます。

極端にいうと、それ以外のことは現代人はやっていません。「ああすればこうなる」以外のことをやっていると、だいたいバカじゃないかと思われる。要するに何のためにそういうことをするのかよくわからないということで、都市ではこれは通りません。

子どもの頃から、先生方がそういうふうに押しつけておられるのじゃないか。どうもそういう気がする。子どもだったときから、私にはそういう記憶がある。私は幼稚園のときから虫が好きでした。母もよくいっていました。うちは横丁にあったので、その横丁で私がしゃがんでいる。何しているのかと思うと、ただじっと座っている。母が「あんた、何しているの」というと、「犬のふん見ている」と答える。「なんで犬のふん見てるの」と聞いたら、「犬のふんに虫が来ている」という。これは合目的行動とはいえないのであって、何もしていない。普通の人から見れば何もしていません。

都市化というものは、そういう意味で徹底的に人間の意識が優先していく世界だから、意識の中にないことはなくなっていく世界です。

そこでは、ゆとりがなくなってくるように見えるのは、私から見れば当たり前です。なぜなら人間は意識だけでできているわけじゃない。誰だって、いつか確実に何かの病気でお亡くなりになるわけで、その、いずれは死んじゃうよ、というところが抜けているわけです。それを抜かしたまま、意識することができることをいくら一生懸命考えてみても、それはゆとりにはならない。それほどに、私どもは意識の世界に住み着くくせをつけてしまった。

意識にとっては、そのほうが居心地がいいわけです。なぜならばそういう世界にはゴキブリがいないから。あのゴキブリを追っかける執念《しゅうねん》に、私は非常に興味があります。

どうしてあんなか弱い生き物が気に入らないのかなあ、と思って見ていますが、その裏には何か根の深いものがある。つまりゴキブリのような存在を容認してしまうと、自分たちがつくりあげてきた、いわゆる近代文明、高度先進社会というものを、根こそぎ否定するようなことになると思っているのではないか。私はそういう気がします。すなわち、ゴキブリが自然の象徴になっているということです。

歩行速度から見えること

東南アジアでは、都市化が完全には進んでいません。だからコントラストが非常に目立つ。一九九五年に、ＮＨＫの仕事でブータンに行ったときのことでした。ブータン航空はバンコクから出ているので、バンコクへ行かないとブータン航空に乗れません。それで、バンコクへまず着いたわけですが、その段階でビザがまだおりてないことがわかりました。通産省（現・経済産業省）の大臣はいいといったのですが外務大臣がダメだといっている、という例の通りのややこしい話でした。ブータンはテレビ取材に非常にうるさい国です。それで、ビザがおりるまで私はバンコクで遊んでいました。

医学部の同級生だったタイ人の友人を呼びだして、食事をしました。「NHKの仕事でバンコクは一晩いるだけのことだったから、あなたに声をかけなかったんだけども、ビザが出ていないために三日いなきゃならないからつきあえ」という話をしました。「予定が狂って申しわけないのだが」といったら、彼から「日本人はすぐそれだからねえ」といわれた。さらに、「人生予定通りじゃおもしろくもおかしくもないじゃないの」といわれてしまいました。

同じ都会に住んでいる人間でも、やはりあの辺まで行くとだいぶ違っている。都市化がまだ完全な統一的な意識になっていません。意識がすべてだというふうに思っていないことがよくわかります。

予定通りだったら人生おもしろくないというのは、都市のもう一つの非常に大きな問題点です。私どもが、比較的考えない主題が一つあって、それは「時間」です。

都市にいるとむやみに人間が忙しい。かつて、仙台におられた私の先輩に、講義をお願いして来ていただいたことがありました。ご本人は日本橋出身の下町っ子ですが、仙台が長いのです。その方は、「東京へ来ると皆がなんでこんなに速く歩いているんだ」とよくいっておられた。仙台ではもっとゆっくり歩いているというのです。

それは間違いなくそうなのです。台湾の田舎なんかに夏行って、そば屋の奥で汗かきながらそばを食べていると、のれんの下から通りを歩いている人の足が見える。その足が、スローモーションで動いているという感じがします。なんともゆっくり動いている。暑いところだから、汗かかないようにゆっくり動いているんだなあ、と思ったものですが、東京に帰ってくると、足という足がたいへんな勢いで動いています。

現在が未来を食う

時間というものは、都市ではどうなるのか。それが気になってきます。よくご存じのように「時の三分《さんぶん》」というものがあります。時というものを三つに分類する考えです。時を一直線に描いて、一つ仕切りを入れる。仕切りの左側を過去にとって、右側を未来にとる。ただいま現在を仕切りとして置く、とこういうふうな考え方が普通です。

この中で私が問題にしたいのは現在です。時をこういうふうに描くと、昔から不思議だと思ったのですが、現在は時の一瞬になってしまって、なくなってしまう。ただいま現在というのは直ちに過去になってしまう。未来から直ちに過去に組み入れられていく途中の一点になってしまう。しかし、われわれが普段「ただいま現在」というものを考えるときには、そんなはずではない。もし時の一点ならば内容を持っていませんが、それにしてはわれわれはしょっちゅう、いまとか現在という言葉を使っています。

それでは、われわれが普通に使っている、いまとか現在とは、どこに位置するのでしょうか。そこですぐに思い当たるのは、現在は「手帳」だということです。お持ちの手帳をごらんになれば、そこには予定が書いてあるでしょう。私の手帳では、だいぶ前から、きょうは三時一五分から横浜の神奈川県民ホールに来るということになっていました。本当はきょうまでベトナムで虫をとっていればよかったのに、そういう予定があるから帰ってくるわけです。

そう考えると、手帳に書かれた予定された未来というものが、じつは現在だということがわかってきます。きょうここに来ることを、私が数ヵ月前に約束してしまったために、未来に起こるはずのベトナムに行っている時間が制限されてしまったのです。

したがってそれはすでに決まったことで、未来ではなくいま存在している現在だ、ということなのです。都市の中でいわれる現在というものは、じつは予定された未来のことであるということがわかってきます。

予定をしただけで、すでにそれは私の未来の行動を拘束《こうそく》してしまう。いかにベトナムにいたいと思っても帰ってこなきゃならない。すでにそれは数ヵ月前から私自身の行動を拘束しているわけですから、それは現在と考えるべきだということです。つまり都市においては、意識化された予定というのが現在なのだ、ということに気がつきます。

それでは未来とは何かというと、漠然とした不確定ななんともわからないもののことです。それが未来です。そこで考えなければいけないのは、子どものことです。つまり、子どもはいったい何を持っているのか、ということです。

子どもが持っているものは、じつは確定した現在、確定した未来ではありません。子どもが唯一《ゆいいつ》持っているのは、どうなるかわからない漠然とした将来です。それが子どもの財産です。子どもは能力もないし、財産もないし、普通は地位もないし、力もない。彼らが唯一持っているのはなんともわからない、幸福とも不幸ともわからない未来です。

しかし都市は、すべてを意識化していく。都市では「現在」が急速に肥大する。過去はどうしようもないので、現在が食っていくのは未来です。そして徹底的に食いつくされた未来が、手帳に変わる。私は、小学生が電子手帳を持っているという報道がされたときには、本当にぎくっとしました。それは、いまの子どもが急速に都市の中に、いってみれば食われていっている。

そう思ったときに、そんなこと、とうの昔にいっている人がいるのに気がつきました。ミヒャエル・エンデの『モモ』という小説がそれです。時間泥棒という人たちが出てきますが、それが現代社会、都市社会であって、そこではすべてが「ああすればこうなる」という形で予定され、コントロールされている。そういう世界が奪っていくものが、漠然とした不確定な未来なのです。

おもしろいのは、こういう話をすると若い人が、「先生、それじゃあどうしたらいいのですか」と、こう聞くわけです。もうおわかりだと思いますが、「どうしたらいいのですか」という質問が出ること自体が、すべてが「ああすればこうなる」というふうに解決できると思いこんでいるということなのです。だから私は、「君の質問自体が、すでにそういうふうな考え方を表しているのだよ」と、学生にいうのです。

「人間のつくったものは信用するな」

こういう一般的でない考え方を申しあげると、多くの方が不安でしようがないという顔をされます。役所が典型的です。先日、私は労働省（現・厚生労働省）関係のある委員会に出ました。労働者の創造性というテーマで、具体的な提案をいろいろする委員会です。実際に具体的な提案をいろいろし、会合には将棋の米長邦雄《よねながくにお》さんとか、いろんな変な方が集まっていて、おもしろいことをいわれるので、私も喜んで聞いていました。

二、三回会合があった後で、ふと気がついた。いつも何人か労働省の方も出ておられるので、伺ったわけです。「ここでいろいろ創造性を発揮するための具体的な提案が出るわけですが、まず労働省が率先してそれをおやりになる気がありますか？」と。そうしたら、寂《せき》として声がありません。

自分でやる気がないことを人に考えさせるなと、怒ろうかと思ったのですが、まあそんなものだろうなと思ったわけです。その後で労働省の方がいわれたことは、「先がどうなるかわからなければ、やっぱり官庁としては動けません」と、こうなのです。どうなるかわかっているのならやる必要がない、と私は考えます。昆虫採集のおもしろいところというのは、行って何がとれるかわからないところにあります。雨が降ったら全部パアだし、とれるものがわかっているかといったら、わかっていない。やっぱり行ってみなけりゃわからない。こういうことが、たいへんおもしろいところです。

翻《ひるがえ》っていまの若い人、あるいは子どもたちの生活を考えてみました。若い人の応答を聞いていればわかることですが、若い人自身、すべて「ああすればこうなる」でものを考えている。これでは、ゆとりもくそもないのです。若い人の頭の中にあるそういった意識が、いってみれば隙間《すきま》を持っていて、そこの壊れた入り口からいろんなものが入ってきてくれないと困る。もっと年をとったら、どんなかたい頭になるかと思って私は心配になってきます。

人間は、意識を信用すると、無意識すなわち自然を信用しなくなるようです。『平家物語』なんか読んでも典型的にそうだと申しあげましたが、私がいずれ何かの病気で死ぬということは、これは間違いない。そしたらそれは徹底的に信用していいわけですが、そちらはどちらかというと信用しない。むしろ会社をクビになることのほうを信用している。その証拠に、会社をクビになるのが心配でしようがない。

ところが会社というのは何かといえば、これは人間が意識してつくったものです。もし若い人にひとことというとすれば、「人間のつくったものは信用するな」と私はいいたい。人間のつくったものを信用するなというのは、いまのような世の中だからいうのです。

いまの世は、すべてがそれだけでできあがってしまっている。そうでないもの、たとえば先ほどのカマキリを見ていると、あれはある意味で信用がおける。考えてやっていないから、いつでもああするだろうとわかります。自然を信用するということを伝えたいと思うと、そういうふうなことをいうしかないという気がしています。

ゆとり生活、ゆとり思考

戦後半世紀以上になりますが、その中身はなんだったのか。それは、私どもがいかに、意識の中に徹底的に住み着いていったかという歴史であって、それに気づかされるのは、たとえばブータンに行ってみたときです。タイに行ってもそうだし、ベトナムへ行ってももちろんですが、私どもが置いてきたものの存在を感じるのです。

無意識の世界というのは確かに怖いのですが、それをいま若い人が明らかに要求している。そのことは、オウム真理教の事件のようなものを見てもよくわかります。意識的に行動するからああなるのであって、もう少し無意識というものに気がついていれば、あそこまで極端にはならないはずです。

それでは、無意識というのは何かというと、端的にいえば身体です。私はオウムに入った学生を受けもっていたので、その学生についてはよくわかっています。その人たちがどこから入ったかというと、ヨーガから入っています。身体から入っていったわけですが、抜けたところがとんでもないところでした。身体から入っていって、つまり無意識から入っていって、そこから出ていくのはたいへんに危ないことです。

身体から入って出ていく時代とは、まさに中世です。中世というのは近世の人から見れば、乱世です。だから、その後の日本人は、乱世を徹底的に否定しました。江戸に入って徹底的に否定したのは、忠臣蔵《ちゅうしんぐら》を見てもよくわかる。浅野内匠頭《あさのたくみのかみ》は切腹です。侍《さむらい》は、江戸城では二本差《にほんざし》が許されない。脇差《わきざし》しかさしてはならない。その脇差も、鞘《さや》ばしったら切腹です。そのくらいに暴力をきつく統制しました。

それは戦後の日本によく似ています。暴力はいけない。それはそれで結構だが、やはり背景が必ずあるわけで、その背景を二代目、三代目になるとすっかり見落としてしまう。その結果、逆にその無意識の危険に気がつかなくなってしまいます。

ゆとりの問題を考えるときに、一つのテーマとしては意識と無意識ということでながめ、もう一つの問題として時間ということからながめてきました。しかし、どちらも結局は同じことを指しているような気がします。それをマクロ的に大きく見れば、地球規模で進む都市化という問題であって、その都市化を別な見方でいえば意識化ということになります。そして意識化がどんどん進行していくと、誰が割を食うかというと、それは子どもです。

私程度の老人になれば、どっちでもやっていけるわけであって、ああすればこうなるの世界でも、なんとかずるく立ち回って逃げることはできます。しかし、子どもはそれができない。

私がブータンへ行っていちばん思ったのは、ここの小学校の生徒と日本の小学校の生徒を一学期でも一年でもいいから、取りかえてみたらどうだろうということでした。向こうの子どもにはかわいそうですが、いずれ都市化せざるを得ないとすれば、そういうことを知っておくのも悪いことではない。それと同時に私が小学校時代に育ったような生活を、いまの子どもにさせてやるのも悪いことではないだろう、と私は思います。

自分が育ってきた時代をいま考えてみて、実際悪くないなと思っているからです。考えてみると、まさにひどい時代だったが、いまよりもはるかに幸せだったような気がします。大人は、それこそ食物を手に入れるために必死だったから、子どもの面倒なんか見ている暇《ひま》がない。子どもは子どもで勝手に遊んでいた。社会の圧力というものが、私どもの世代は子どものときいちばんなかったんじゃないか、という気がむしろします。

そういう生活、考え方が、ゆとりにとって必要ではないかと思います。一つは意識の中に閉じこもらないということであって、もう一つは、それが時間的な余裕を生んでくるということです。

「知」の毒

オカルト、臨死体験をめぐって

解剖《かいぼう》は、学生さんとつきあう時間が非常に長い。東大医学部のカリキュラムだと、六十数回実習があって、その一回が午後半日を費やします。六十数回ということになると、三カ月ぐらい学生とじかにつきあうことになります。

いろいろ問題も生じます。いちばん大きなトラブルは精神的なもので、入院する学生が年に一人ぐらいはいる感じでした。そういう相談は、どうしても解剖の教師である私のところへきます。

学生指導をやりはじめてから、いちばん私がびっくりしたのは、盲信的な学生でした。ある学生が私のところへやってきて「先生、お願いがあるんですが」というので、「なんだ？」と聞いたら、「じつは富士宮《ふじのみや》で、尊師《そんし》が水の底に一時間いるという公開実験をいたします。ついては立会人になっていただきたい」と。

私は、なんの手品をするのかなとまず思いました。そもそも富士宮がどこにあるのかわからない。尊師っていったい誰だ？　それで「あんた何やってるの」と聞いたら、「ヨーガをやってます」という。

ああなるほど、ヨーガをやっているのか。それで多少わかって、いろいろ聞いてみました。「ヨーガをやって何かいいことあったの」と聞いたら、「いいことがありました。食欲がなくなって性欲がなくなりました。一日二食で済みます」とこういう。

私は変な学生には慣れていました。先ほど申しましたように、解剖実習の間におかしくなる学生もときどきいる。そんな学生をしょっちゅう面倒見ていたからです。私は、そういう学生が来ると、すぐに精神科の外来に電話をする。「これから学生をやるから頼む」と、こういうわけです。ところが、この学生はそういう意味ではおかしくない。どうみてもこれは精神科扱いではない。それで、そのときは電話をしませんでした。

話を続けていたら、「うちの道場では空中浮遊《ふゆう》なんか日常的です」と、こういってくる。空中浮遊ということを、私はそのときはじめて聞きました。何かからだが宙に浮くらしい、ということがわかったくらいでした。

人間の脳というものは、一時間どころではなく、五分間酸素の供給、つまり血液の供給を絶《た》てば、回復不能の障害を起こしてくる。私は、そういうことを学生に教えています。それを知っている学生が、なんで水の底に一時間いられることを疑わないのか、これがわからない。そのこと自体が、私にとってはたいへんなショックでした。

要するに、私たちがいわゆる科学的知識として教えていることと、尊師が水の底に一時間いるということが頭の中に並列している。並列してもおかしくないという学生が存在するということが、私にとっては本当に驚くべきことでした。

以前から、このような兆候があることは知っていました。一つは臨死体験《りんし》です。多くの方はご記憶がもうないかもしれませんが、立花隆《たちばなたかし》さんがＮＨＫで臨死体験の番組をやった。そのせいかどうか、あの前後から若い人、助手クラスの人、大学院クラスの人が集まって、オカルトの話をしているのがよく見られた。あれがまず私が気になったことでした。とくに理科系の大学で、ごく普通に起こっていたことです。

臨死体験が一時ブームになって、私のところにも電話がしょっちゅうかかってきました。どういう電話かというと、臨死体験についてご意見を伺いたいとの内容でした。

私は、ばか丁寧に対応した。「あれは神秘体験だというような意見が広がっているが、それはまったく違う」。そういうことを説明するのに、だいたい一五分かかりました。同じことを何度も質問され、最後は嫌になって、「私はテープレコーダーではないよ」といった。すでにそういう時代でしたから、その延長に来るべきものが来たという感じではありました。

先ほどの学生の話に戻ると、日大で宇宙航空医学を教えている私の同級生が、話の途中から入ってきました。その同級生が、学生と私のやりとりを聞いて、「なに、飯を食わない!! からだが宙に浮く？ それはおまえさん、宇宙飛行士にはもってこいだ」。それを聞いて学生は帰ってしまいました。

しかし、このことは本当に私にとっては大きな体験でした。いったいどうしてこういう学生がいるのか、この人の頭の中はどうなっているのだろうか、と驚きを感じました。

知ることとの深層

知ることとは、どういうことか。この問題が、こうした盲信的な学生と深くかかわっています。

一般に、知ることというのは、知識を増やすことと考えられています。しかしもちろんそうではありません。私はよく学生に、自分が癌《がん》の告知をされたときのことを考えてみなさいといいます。「あなた癌ですよ」といわれるのも、本人にしてみれば「知る」ことです。「あなた癌ですよ、せいぜいもって半年です」といわれたときにどうか。知るということを考えるとは、そういうことです。

あと半年と宣告されて、それを納得した瞬間から、自分が変わります。ですから、知ることというのは、じつは自分が変わることだと私は思うわけです。

しかし現在では、知ることは、自分とはまったく無関係の出来事になったのではないか。私がかつて、東京大学出版会の理事長をしていたとき、いちばん売れたのが『知の技法』という本です。この本がなんで売れたのか。私は、ハタと思い当たりました。まさしく知は技法に変わったのです。

技法とはノウハウです。どういうふうに知識を手に入れるか、どうそれを利用するか。そういうものに知識が変わってきたんだな、と思った。知ることが自分にかかわりのあるものではなくなって、まったく自分に害のないものになったわけです。

癌の告知を学生に教える例を取りあげましたが、現実の話としても、患者さんが告知に耐えられるかどうかということは、じつは最大の問題です。東大病院でもそうですが、一般に癌の患者さんが入る病棟では飛び下りが絶えない。そのため、ついに精神科と同じように、窓をいっさい開かなくしてしまった。そういうものなのです、人は。本当は、知るというのは危険をともなうことなのです。体力がない人に労働させるのと同じことです。

しかし、親はおそらく子どもに勉強しなさい、勉強しなさいといっている。これは、学問が安全なものだと信じ切っていることを意味します。そういう意味で、知がやはり世間全体で変質してきたのではないかと思います。

癌の告知を例に考えるとよくわかるように、知るということは自分が変わるということでもあります。多かれ少なかれ、自分が変わるということです。自分が変わるとはどういうことかというと、それ以前の自分が、部分的にせよ死んで、生まれ変わっているということです。しょっちゅう死んでは生まれ変わっているのですから、朝そういう体験をして、夜になって本当に死んだとしても、別に驚くにはあたらないだろうというのが、有名な「朝《あした》に道を聞かば夕《ゆうべ》に死すとも可なり」の意味ではないか。私なりの解釈でそう思っています。

本来、知とはそういうものであったはずです。『論語《ろんご》』に書いてある通りです。学問には、しばしば害がある。ここは大磯《おおいそ》で、隣に二宮尊徳《にのみやそんとく》の出身地がありますが、尊徳の時代にも百姓に学問はいらないといわれたはずです。それは、知るということの裏表がよくわかっていたからだろうと思います。学問をすることが、必ずしもいい結果になるとは限らない。知るということは、決して、必ずしもいいことではありません。そのことを、昔の人は知恵として知っていたと思います。

しかし現代では、ご存じのように、よくいえば教育が普及しました。それと同時に知というものは非常に安全化していきます。安全化せざるを得ないわけですが、そうすると、いまのようなことが起こってくる。すなわち、知というものが、自分自身と分離してくる。自分と分離した知は、おもしろくない。これは当たり前です。だからいまの学生は、勉強するのがおもしろくないといいます。自分に何のかかわりもないことをやらされていると。

これは、学問とは何かというかなり本質的な問題なので、これ以上面倒くさいことをいうつもりはないのですが、いまのままの教育でいいとは思っておりません。ただ学生の皆さんには、知ることは危険なものだということを、もう少しいっておいていいのではないかと思います。

「仕方がない」が消えた

私はラオスに一〇日間滞在して、昆虫採集をしてきました。そういうところに、学生を連れていけたらいいだろうな、と思います。なぜなら私が行っていたところはラオスの田舎で、私の母が育った環境とほとんど同じです。農村で水田があって、牛と馬がいて、といえば年配の方はおわかりだと思いますが、典型的な過去の日本です。

そういうところへ行くと、私はホッとします。いまの学生に、そういうところを見せてやりたいと思う。しかしおそらく連れていけないでしょう。マラリアになったらどうするか、住血吸虫《じゅうけつきゅうちゅう》がいるがどうするか、A型肝炎になったらどうするかと、ありとあらゆることを考えなければならない。つまり、ここにも非常にはっきり出ていますが、「知ること」は危険と背中合わせなのです。

それでは、危険なことをいっさい避けて学習指導ができるのか。さっき私は解剖の例を出しましたが、解剖をやると、一〇〇人学生がいれば一人ぐらいはおかしくなったりもします。これは弱い学生だと私は思っています。弱いという意味は、精神的に弱いということで、ある意味では仕方がない結果としてこれまでやってきました。

ご存じのように、「仕方がない」という言葉は、戦後使われなくなっていました。都市化が進んでくると、「仕方がない」という言葉は、どんどん時代遅れになってきます。都市の中では、すべてが人工物で、ありとあらゆるものが人間によって意図的につくられる。だから、そこでは仕方がないというセリフは成り立ちません。

じつは、さっきから手をすりむいた跡を見ています。ラオスで山の中を歩いていたら、穴ぼこへ落ちて転びました。これが銀座の真ん中だったら、誰がこんな穴を掘ったんだと、私は怒るわけです。都会に住んでいる限り、ものごとは人のせいにできるのです。しかし、ラオスの山奥で穴ぼこに落っこちて転んだとしても、文句をいう相手がいない。だから、田舎にいると、しばしば仕方がないという言葉が出てくるのです。

いまや、仕方がないという言葉は、自然の災害などにあったときに最終的にいう言葉になりました。戦後ずっと、私たちが暗黙のうちに受け入れてきたのは、「仕方がないというのは時代遅れだ」という教育だったと思います。これは、端的にいって、日本がひたすら都市化してきたということを意味します。その中でどんどん子どもたちが育ってきます。

テレビ漬けの代償

よくテレビの世界はバーチャルで、現実の世界とは違うといわれますが、そうではないのです。

なぜならば、私は、現在の都市生活そのものが、基本的にバーチャルだと思っているからです。夏の暑いときでも、部屋の中にいれば暑くない。クーラーを入れているからです。冬の寒いときでも、建物の中にいさえすれば暖かい。これは暖房のおかげです。

浄土三部経《じょうどさんぶきょう》という経典があります。三つのお経です。最初のお経を阿弥陀経《あみだきょう》という。阿弥陀経には、極楽《ごくらく》とはどういうところかが書いてあります。極楽の説明のいちばんはじめに、暑さ寒さのないところと書いてある。暑さ寒さのないところとは、まさにわれわれの日常の世界ではないか。ここは古代インド人の極楽だ、と私はいつもいっている。それがバーチャルでなくて何がバーチャルかと。古代インド人にしてみれば、現代生活というのはまさに夢の世界なのです。

バーチャルだということは、リアリティではないという言い方もできます。きわめて安全で、平和な都市というものは、基本的に人間が頭で考えてつくる世界です。そこはテレビの中と同じではないかということです。そうすると、いまの学生や子どもだけが、とくにバーチャルな世界に浸《ひた》っているわけではないんですね。

幼い子どもがテレビ漬けになっています。親が子どもをみる時間が減って、そのぶんテレビが親の代わりになっている。では、テレビと実際の親の違いは何か。子どもがテレビを見ているときにさまざまな反応をしますが、テレビは反応しない。これが生身《なまみ》の親といちばん違うところだと思います。

つまり、生身の親と子どもがやりとりしているのであれば、親は怒ったり笑ったりさまざまな反応をしますが、テレビは子どもの動きにつれて反応するのではなくて、自分で勝手に笑ったり怒ったりする。これに問題がある。このことは、アメリカあたりでも最近、指摘されています。

ここで、口承《こうしょう》文化の問題を考える必要があると思います。口承とは、口で伝えることです。ご存じのように、人類の文化は、口伝えの文化から文字文化に移ってきた。

口伝えの文化が長い歴史を持っていて、その上に文字文化が成立してくる。人が育つ過程も同じだろうと考えられます。

はじめに会話、言葉のやりとりがあって、やがて子どもは文字を覚えていく。口伝え、会話、口でのやりとり、そういった世界が十分成熟した段階で、文字に移るのが自然ではないのか。ところが、そういった口伝えの段階、人類史でいえば口承文化の時代が、いまの子どもたちにはなくなっているのではないか。それをテレビが肩代わりしているのではないか。

親が、子どもの相手をしなくなったということでもあります。暇がないとか、子どもが静かにしているからとか、その他さまざまな理由があるでしょうが、ともかく子どもを実質的にテレビ漬けにしています。テレビはやりとりのない一方通行ですから、口語が発達しない。土台がないから、ちゃんと文字を教えることもできない。そういう危惧《きぐ》を抱いている人が増えています。

脳が演出する手品

次に考えなければいけないのが、テレビに代表されるような情報とは何か、ということです。「知るということ」と、じつはこれは深くかかわっています。学校教育もそうですが、授業とは何かというと、情報を伝えること、私はそう思うのですが、そもそも情報とはいったい何か。

私たちはものを見ます。目は人間がいちばんよく使う器官の一つで、脳の入力の四割は視覚入力が占《し》めているという計算があります。その目がものを見るとき、たとえば本を読むときに、文字を目で追います。そこで質問。では文字を目で追ったときに本は動くか。当然のことですが、動きません。

ここに、「学生生活指導主務者研修会」と書いてある看板があります。いまこれを読みましたが、そのつど私の目は動いています。学生生活……と私は目を動かして読んでいきますが、この看板は動いていない。当たり前だとおっしゃるかもしれませんが、目玉のかわりにテレビカメラを考えてみてください。

素人《しろうと》がビデオカメラをはじめて買って、犬とか子どもを映します。そのビデオを見せられると、見てるほうは船酔いしてしまう。見られたものではない。どうしてこうなるかというと、動いている子どもを、ずっと追いかけるからです。動いている子どもをずっと追いかけると、ビデオカメラの中で背景が全部動いてしまいます。カメラを構えた本人は、動いている子どもを撮影しているつもりなのに、子どもは画面の真ん中で止まって足踏みをしている。ただ背景だけがずれていくという状況が生まれます。

NHKの人に聞いたのですが、局に入った新人が最初に受ける教育が、カメラは動かすなということだそうです。とくにビデオカメラは動かしてはいけない。普通のカメラを動かしたらボケてしまうが、ビデオカメラも動かしてはいけないのです。きちっと止める。そうすると背景は止まり、その中でちゃんと子どもが動いていく。これが普通にわれわれが見ている世界です。

目の解剖の説明をするつもりはありませんが、目というのはカメラとそっくり同じ構造をしている。そのことはおそらくご存じだと思います。ですから、文字を読んでいるとき、じつは本のページ、つまり文字の背景も一緒に動いているのです。こうやって「学生生活指導主務者研修会」と読んでいるとき、文字を順繰《じゅんぐ》りにわれわれの目は追っている。しかし、そのときに背景が動いているという意識はない。それは、われわれの脳が、本を止めてしまうからです。われわれの網膜《もうまく》に映っている像は、そのつどちゃんと動いている。しかし、脳はそれを動いたといわない。脳が背景を止めてしまっています。

　どうしてそれを止めることができるのか。むずかしくいうと、視覚には中心視野と周辺視野があって、中心視野は動くが、周辺視野はそのとき止まっています。実際に目に映っている像は、もちろん動いている。これは一種の手品です。どうしてそうなるのか、私も知りません。脳のはたらきに違いないということがいえるだけです。

メディアは実体、人間は波

テレビを見ていると、あたかも情報が生きて動いているように感じてしまいます。NHKのニュースは毎日、毎日変わる。毎日、毎日変わるが、飛行機に乗ると、その日七時に録画したニュースを何度も何度も流している。あれは実際、最初にやっていたものとまったく同じです。録画することで、情報が止まっているのです。

　もっと極端な例をいいますと、夜のニュースでアナウンサーがニュースを読んでいる。あれをビデオに撮って、一〇〇年後に見るとします。アナウンサーもお年をとって、百何十歳の老人がニュースを流しているかというと、そんなことはない。相変わらずいまのままです。つまり、根本的に情報というものは停止したものです。

現在の常識では、新聞、テレビ、雑誌など全部含めてメディアと呼びます。どうしてメディアというのでしょうか。メディアとは、仲介とか媒介《ばいかい》というような意味です。人間と人間という非常にしっかりした実体がここにあるとすると、その間をメディアが飛び回っている。だから次のように考えることができます。情報というものは軽いもので、非常にたくさんあり、しばしば情報過多を起こしてしまうと。

しかし、私はちょっと違うのではないかといいたい。情報とはいったい何かというと、これは実体です。なぜなら、全然動かないで、カチッと固まっているからです。逆に人間こそ、情報の周辺にひらひらまとわりついている波のようなものです。

同じＮＨＫテレビのニュースでもいいし、テレビドラマでもいいのですが、何回流しても内容は同じなのに、それを見ている人は、泣いたり、笑ったりと、そのつど違う反応を示している。これでおわかりのように、われわれが情報と呼んでいるものは、しっかり固定して動かないものであり、逆に人間というのは変転きわまりないものなのです。

情報過多とは何を意味しているか。それは、死んで動かないものが増えて、生きている人間がどんどん薄くなっていく状態を意味するのではないかと思います。情報が多いということは、ものごとが死んでいるということです。ものごとが、NHKのニュースになっていることを意味します。

一九八九年に天安門《てんあんもん》事件がありました。天安門に集まった人は、おそらく一〇〇万人ぐらいです。実際には不可能ですが、その一〇〇万人一人ひとりに意見を聞いたとすると、いろいろなことをいうと思います。それを全部集約して、ただひとことで天安門事件といってしまう。そうすると、何かが起こったことはわかりますが、実際にどのようなものだったか確認しようとしてもできません。

縮めてひとことで「天安門事件」と表現したものが情報であり、ニュースです。私はそれを固定点と呼んでいます。情報というのは固定点です。つまり、ものが止まっている点だということです。

われわれがものを見ているとき、その周辺、背景は止まっています。われわれが世界を考えるときに、なぜ情報を使うかというと、止まったものを使わないと、われわれにはものが見えないし、考えられないからです。

生物を実際に観察している方だったらよくおわかりだと思います。培養《ばいよう》細胞を、たとえば一分一コマで映画を撮ると、ものすごい勢いで動いているのがわかる。そんな動き回っているものを頭で整理することは不可能です。なぜなら姿形が静止しないからです。絶えず形を変えているから、絵に描くとしても、ピンボケの絵にしかならない。つまり、止まっていなければ記述できない。すべての記述、すなわち情報というものは、基本的に固定された点なのです。

これに対して、世界は絶えず動いています。『平家物語』の書きだしは、ご存じのように「祇園精舎《ぎおんしょうじゃ》の鐘の声　諸行無常《しょぎょうむじょう》の響《ひびき》あり」です。しかし現代の世界は、おそらく諸行無常ではありません。なぜなら情報過多だからです。情報というのは諸行無常ではありません。永久に残ってしまう。『聖書』という一冊の本が、いまなお残っています。ピラミッドもいまだに残っています。あれも一種の固定された情報です。そういうふうに考えると、建築物もそうです。人間というものは、そういう固定点をむちゃくちゃに増やしていく動物であるともいえると思います。

情報は死んだもの

一方、若い人の立場で考えると、固定点が増えた世界に、最初から否応《いやおう》なしに放りこまれたことになります。非常にかわいそうだという気がします。身動きのできない固定点の中に放りこまれるから、「生きもの」として生きることがどんどんむずかしくなっている。ですから知育偏重が問題だとか、ゆとりの教育が必要だとかいわれるのです。

しかしながら、これだけ情報を増やしておいて、ゆとりの教育というのは無理です。情報というものは、じつは固定した死んだものだということを、むしろ大人が常識として心得ていなければならない。そうでないと、若い人は救われません。

私たちが見ている世界は、むしろメディアがつくっている世界です。コソボで何が起ころうと、実際に私の人生にほとんど関係ありませんが、新聞はものすごく大きく書く。私の領域で申しあげるなら、脳死問題がそうでした。

われわれの世界像が、そういった情報によっていかに左右されていることか。情報は、われわれが世界をとらえるための、ある種の便法《べんぽう》であって、けっして世界そのものではない。逆にいえば、情報は固定されたものだからこそ、便法として役に立つのであって、けっしてその逆ではありません。

情報は固定されています。変わるのは人のほうです。とくに若い人、子どもは絶えず変わっていく。しかし、もし社会の中で、人間がそうやって絶えず変わっていくのを容認すると、社会が成り立たない。どういうふうに成り立たないかというと、たとえばきのう金を借りたのは俺ではない、ということができるからです。

いわゆる死刑囚の問題というのがあります。日本の裁判は非常に長くて、刑の執行まで時間がかかる。当然のことですが、刑務所に入っている間にその人の人格が変わってしまう。前のことを知らない人は、なんでこんなにいい人を死刑にしなければいけないのかという話になる。それは当たり前です。人は変わるものですから。

本来動いてやまないものを、われわれはつい動かないものと錯覚《さっかく》する。そして本来動かないものを、軽々しく動いているものだと思いこむ。そこに知の軽さという問題が出てきます。

江戸時代の人は、逆の意味で情報の重要性をよく知っていたのではないかと思います。江戸の制度を封建制度とよくいいますが、私にはそういう社会的な見方ができない。私のような理科系の人間がどう見るかというと、江戸は情報統制社会であると見ます。鎖国政策はその典型です。なぜ人の出入りを止めたか。簡単です。人間というのは見ようによっては情報の塊《かたまり》だからです。情報の塊が自由に出たり入ったりすると何が起こるか。情報処理の問題です。

当時は、コンピュータがあるわけではないし、電話があるわけでもなく、情報処理がたいへんだった。しかし、これがうまくいかないと政治制度が安定しない。そのために、おそらく情報を幕府は徹底的に統制した。それでは幕府が外国からの情報に無知であったか、というと逆です。新井白石《あらいはくせき》の書いたものをみてもよくわかりますが、幕府の要人が西洋人に会って、自分自身で尋問《じんもん》し、自分の判断を下しています。

そういう意味では、江戸期はむしろ情報重視の時代でした。非常に重視したからこそ「武士の一言《いちごん》」といったわけです。一度いったことは絶対に守る。これは信義が問題だというふうに考えられていると思いますが、私はそうではないと思います。情報というものは固定して動かないということを、そういう形で教えたのだと思います。

一度いったことは戻りませんよ、と教えているのです。書いてしまえばもっとよくわかる。消えないのですから。墨《すみ》で書いてある法隆寺《ほうりゅうじ》のお経は、一〇〇〇年経っても残っています。

お産が病気になった社会

私たちの文化が持ってきた子育てや教育の考え方とは、どういうものだったのかを考えてみたいと思います。

その前に、現代社会、とくに戦後の日本というものがどういう変化をしてきたのかというと、それは都市化以外の何ものでもない。これが私の意見です。私は、これを脳化と呼んでいます。脳が化けたんだ、と。

街がそうです。だいたい建物全部がそうで、必ず設計者がいて、設計図通りにつくられています。いま皆さんが座っておられる空間は、図面を引いた設計者の頭の中に出てきた部屋です。あるいはインテリアデザイナーが絨毯《じゅうたん》を選んだりするから、デザイナーの脳の中、建築家の脳の中にいるということになる。都市空間というのは、そういった性質を持っています。

人間が都市空間をつくるときには、完全な人工空間を好みます。東京だと天王洲《てんのうず》、横浜だと「みなとみらい」がその典型です。江戸の下町は、完全な人工空間です。埋め立て地ですから。

大阪だと関西空港が典型で、日本の都市化を象徴している。そこは、人間のつくったものしかない世界です。その世界の中に子どもが入ってくる。子どもは考えてつくっていないので、典型的な自然です。もちろん子どもを産む、産まないという意味では、確かに考えてのことかもしれません。しかし、子どもには設計図がない。こういう子どもをつくりたいと思ってもできません。子どもというものは、勝手にできて勝手に育っていく。そういうものです。

都市化するとなくなるものは、人間の自然です。生まれて年をとって病気になって死ぬこと、つまり人の自然です。都市空間の中では、これが全部なくなっていく。現代医学の問題は、すべてこれに含まれています。人が生まれるところはいまや病院です。お産婆さんの看板はほとんど見なくなった。ということは、子どもは家で生まれるものではないということです。

私が学生の頃、産婦人科の最初の講義で、教授が開口一番、「お産は病気ではない」といいました。お産は病気ではないということであれば、家で産んでもいいわけですが、いまでは家で産む人はまずいない。全員が病院で産む。お産はいまや「病気」になりました。

産む、産まないは親の勝手だというのは、きわめて一方的な見方だと思います。どういう意味かというと、「子どもの身になってください」ということです。クローンで生まれようが、人工受精で生まれようが、ともかく子どもにしてみれば、自分の意思で生まれたわけではありません。生まれること自体が自然なのです。

ある日気がつくと自分が生まれている。子どもは年頃になると、それに気がつく。だから「頼んで産んでもらったわけではない」と憎まれ口をきく。親がそれにいい返す言葉は、「俺だって同じだ」でしょう。それが自然ということです。

生きていると、どんどん年をとる。いま、高齢社会が問題になっていますが、高齢社会の到来はわかりきったことでしたから、私には問題でも何でもなかった。それがいかに都会の人のわがままかということを知っているからです。

私は、しょっちゅう山奥へ行きますから、過疎《かそ》の村を知っていました。そういうところへ行ったら、七〇歳代のばあさん三人だけで生きているなんていうことは普通にあります。いまさら、なにが高齢社会だ。それはとうの昔に始まっているのです。

昭和三〇年代、インターンだったときに、私は奄美大島《あまみおおしま》へ行っていました。検診ですから、島中を全部回りました。だから人口構成を知っているのですが、非常に特徴的でした。中学校までの義務教育の子どもたちはたくさんいる。四五歳以上の成人もたくさんいる。スポーンと抜けているのが、中学卒業から四五歳までの働き盛りで、全員が大阪、神戸に出ていた。当時も、奄美は子どもを除けば老人社会、高齢社会だったのです。これから高齢社会が来るようなことをいうのは、都会のジャーナリストだけです。そんなものは、自分が住んでいる世界だけを見ての話です。

病気の話になると、私は医学部ですから際限がなくなってしまいますが、最近、病気は人為的《じんいてき》なものという考え方が強くなってきています。つまり、病気は人のせいになってきています。

O-157《オー》の報道シーンを、私はよく覚えています。たまたまテレビのニュースをつけていたら、大阪・堺市《さかいし》の病院に子どもさんが入院し、お母さんが病院に入っていくところが映っていた。テレビの記者がマイクを突きだして、意見を聞いていた。そのお母さんは、吐き捨てるようにひとことといいます。「この責任、誰がとってくれるのよ」と。

昔なら、子どもが病気になったときに、それは自然だから仕方がないといったと思います。いまのお母さんは「この責任、誰がとってくれるの」と、こういいます。

死は異常な出来事か

死はどうか。死もご存じのように都会からなくなってきています。いま東京都内では、九割以上の方が病院で亡くなっている。嫌《いや》なことをいうようですが、ここにいらっしゃる皆さんも、いずれ必ずお亡くなりになる。死は人間に必ず起こることであるにもかかわらず、いまでは「異常な出来事」になっていると私は思っています。

私は、亡くなった方を扱う仕事をしていたので、日本人の間に、死が特別なことであるという思いが強くなっていることに、なんとなく気がついていました。生老病死《しょうろうびょうし》というものが都会から排除されていく。その排除される中に、子どもも含まれている。だから少子化が進んでくるのです。

子どもは、なぜ排除されるのか。それは、子どもは自然であるからです。都会は、原則的に自然を排除するところですから、子どもはじゃまになってしまう。子どもは日常生活を妨害するものと、皆さんはなんとなく考えてないでしょうか。うちで子どもが生まれる、冗談《じょうだん》ではないと。

子どもを持ったらよくわかることですが、キャリアのお母さんが、明日大事な会議があるようなときに限って、子どもがはしかになったりする。これは自然です。この仕方のない世界は、キャリアウーマンの世界には、持ちこみにくい性質のものでしょう。そういう意味で、都市は人間の自然を排除する。それで少子化が起こるのではないかと思います。

戦後、都市化が一直線に進んできたというのが、私の意見です。ではそれ以前はどうしていたか。われわれの伝統的な生き方について、自然との共存だったとよくいわれます。

こういうふうに考えたらいいのではないでしょうか。二つ軸《じく》を考えます。一方の軸は、いま都市化といいましたが、人工の軸。「みなとみらい」でもいいし、天王洲でもいいし、新宿でもいい、ああいうふうな典型的な人工的な世界です。もう一つの軸は自然。自然というと、いまの人はどう思うか。真っ先にあげるのが屋久島《やくしま》の原生林、白神山地《しらかみさんち》。これはアメリカ式の自然の定義です。つまり人間とできるだけかかわりのないところを、自然というのです。

しかし、本当に人間とかかわりがないのなら、そんなものあってもなくても同じではないか。日本人はそうではありません。日本人本来の自然に対する感覚の根本にあるのは「自然との折りあい」です。それは、自然を相手として認めているということでもあります。これは非常に重要な点だと私は考えています。

わからないからやる

日本人は、自然をまともに相手として受け入れる態度を、長年とってきました。自然のままではどうにもならない。つまり屋久島、白神山地では使いようがない。それでどうするかというと、これに「手入れ」をします。いまの学生さんに手入れといったら、警察の「手入れ」しか思い浮かばないかもしれませんが、手入れというのは、じつは自然を相手にするものなのです。まず自分がつくったものではない自然というものを、素直に認める。それをできるだけ自分の意に沿うように動かしていこうとする。それが手入れです。

手入れをしていった結果、天王洲とか、白神山地でない風景が日本にはできてきます。これが「田んぼ里山《さとやま》風景」と現在呼ばれているものです。完全な自然かというと、とんでもないのであって、人間がさんざん手入れをしたものです。ヨーロッパみたいに完全な人工環境かといったら、これも違っていて、ちょうど中間です。

これを維持するために、日本人はおそらく一〇〇〇年以上にわたってずっと手入れをしてきました。それでは、農家は田んぼ里山風景をつくるために手入れをしたのか、というとそうではありません。そんなことには関係なく、こうやったらいちばん米がよくつくれるのではないかと、ただ必死になって努力しただけです。

そういうふうにやっていて、一〇〇〇年たったら、いつの間にかこんな風景になった。そこに、自然を相手にするときの大きな特徴があります。都市であれば、設計図を引いてぱっとつくることができますが、自然相手の手入れには設計図がありません。

若い人が嫌いだという言葉、努力・辛抱《しんぼう》・根性《こんじょう》はどこから来たのか。自然を相手にしているときには、人間は完全に努力・辛抱・根性になってきます。相手がだいたいどういうものか根本的にわからない。だから予定した通りにはならない。

女の人は、毎日経験していることだろうと思います。うちの女房を見ていてもそうですが、鏡の前に、極端な場合は一時間も座っている。何をしているかというと手入れです。まるっきり手入れしないでほうっておくと、屋久島、白神山地になってしまうわけです。それで思い切ってやる人は、天王洲にしようとする。設計図を引いて美容整形に行くわけですが、それもまたいろいろと問題もある。私の女房の場合は、結局、毎日毎日手入れをやっています。まあ三〇年、四〇年やればなんとか人前に出して見られるようになります。田んぼ里山風景になってくる、ということではないかと思います。

子どもも、放っておけば野生児です。そんなものは誰も望んでいない。では思うようになるかというと、もとがもとですからどうしようもない。天才児教育をやったらすぐわかります。ではどうするかというと、お母さん、お父さんが毎日、毎日やかましくいう。親はやかましいものですが、それは子育てが手入れだからです。手入れしていくと、どこかある適当なところでおさまる。それだけのことではないかと思います。

われわれが根本的に持ってきた文化は、そういうやり方ではないでしょうか。その文化は、都市化とどこで矛盾《むじゅん》するのだろうか。都市化とは人工化です。人が予定した通りにやる。それをどう表現するかというと、私は「ああすればこうなる」といいます。ああすればこうなる世界が人工の世界です。

自然はそういうものではありません。ああすればこうなるほど単純なものではない。そう私は思っています。それを現代社会では、徹底的に人工化していこうとする。ああすればこうなると考えているのです。

もう私たちは、ああすればこうなる以外の考え方ができなくなっているのではないか。そういう気がときどきします。こういう話をした後で、よく出る質問は、「先生、それではどうしたらいいですか？」です。私は、「そう考えているからダメなんだ」というしかありません。

ラオスに一〇日間行っていたといいましたが、行く前に必ず聞かれます。「先生ラオスに何しに行くんですか」、「虫とりに行くんだよ」。すると「何がとれるんですか」と聞く。「何がとれるかわかっているなら行かない」と私は答えます。

教育とはそういうものです。その子はどうなるかわからない。わからないから育てる。わかってたらおもしろくも、おかしくもない。これはずいぶん乱暴な意見に聞こえるかもしれませんが、私の本音《ほんね》はそういうところです。

教えているほうがおもしろくなければ、教わる学生だっておもしろくないに決まっています。

第3章　カチンカチンの世界

「自分」知らず

「俺はテレビだ」

私が子どもだったのはだいぶ前のことで、だいたいもう忘れています。でも、いまのお子さんを見ていると、私の頃とはずいぶん違うなと思います。

子どもについての最近の統計で、驚いたことがあります。いまの子どもたちが、テレビを何時間見るかという調査結果です。じつは、そういう調査はたくさんある。NHKなんかでもやっているし、ほかにもいろんな関係のところで調べている。もちろん私は、そういう数字そのものを、基本的には信用していません。なぜなら、子どもがどのぐらいの時間テレビを見ているかを、親がストップウォッチ片手で、計っているはずがないからです。それなのに、平均して二時間三二分だったなんていったって、そんなものは信用がおけません。

調査が一般的にいっている数字はどのぐらいかというと、いちばん多いのは、一日平均で五時間半です。少なくて二時間。ですから、少なくとも数時間は見ている。毎日数時間、子どもがテレビを見ているということは、いまでは別に異常なことではない、ということになります。

私が子どもだった頃には、テレビはなかった。私が生まれてはじめてテレビというものを見たのは、小学校の五年生か六年生のときです。昭和二〇年代に、横浜の野毛《のげ》山《やま》で、小さな博覧会みたいなものをやっていたのですが、そこにテレビが出ていた。受像機があって、それに隣の部屋が映っている。隣の部屋へ行くと、テレビカメラが置いてある。「なんだ、テレビってつまんないもんだな」と思いました。窓を開ければ、隣なんて見えるじゃないか、と。

それが始まりでしたが、あっという間にテレビ放送が始まって、現在のテレビに変わってきた。それを子どもが二時間から五時間半見る。

私とそういう子どもたち、つまりテレビ世代の人たちとどこが違うか。最初にそれに気がついたのは、東大をやめて、北里《きたさと》大学へ行ってからです。北里大学の一般教養で、四〇〇人ぐらいの授業に行って、じつのところ仰天《ぎょうてん》した。ものすごくおしゃべりが多い。五、六人かたまって、おしゃべりしている。女の子ならともかく、男の子もそうです。男の子が、教室の中で井戸端《いどばた》会議をやるのです。それがまず驚きの一つでした。

もっと驚いたことがありました。授業中だろうが何だろうが、教室を自由自在に出入りする。それも、堂々と胸を張って、靴音《くつおと》高く歩いています。さらによく観察してみると、後ろのほうには紅茶の缶を机の上に置いているものもいる。

非常に気になるので、怒ろうかなと思ったのですが、すぐわかった。怒っちゃいけないのです。やっているほうが、なんとも思わないでやっているのがわかるからです。なんとも思っていないやつを怒ったって、こっちが嫌《いや》がられるだけに決まっています。

そこで、なんでこういうことをするのか考えた。うちの子どもがやっていることを見れば、すぐにわかることでした。こういうことはみんな、テレビの前でやっていることと同じです。立ったり、座ったり、出たり入ったり、食べたり飲んだり、おしゃべりしたり。一方、テレビはテレビで勝手にやっています。

「ああ、なるほどな。あいつら、俺のことテレビだと思っているんだな」。チャンネルは一個しかないし、コマーシャルは入らないし、おもしろくない。チャンネルを変えるわけにいかないから、勝手なことをするわけです。

テレビの前でやっているのと同じことをやっているから、いきなり私がテレビの中から出てきて、「おまえ、聞いてる態度が悪い」と怒ったら、ダメなのです。彼らには、いままでそういう経験は絶対ないはずです。さんまとかタモリが、いきなりテレビから飛びだしてきて、「おまえ、聞いてる態度が悪い」と怒ることはあり得ない。これは怒るほうに無理があります。

私は、次の年の授業の最初の時間に、この話をすることに決めました。それで、「俺はテレビだからな」といったところ、静かになりました。「俺はテレビだ」というと、ひょっとするとテレビではなく生きている人間かもしれない、と思うようになる。うっかりすると、キレて、ナイフで刺されるかもしれない。そういうことが若い人にもわかるわけで、そうすると少し静かになるのです。

自分が二つに離れてしまう

私の世代は全然テレビなしで育ちました。一方、いまの子どもは二時間から五時間半、テレビ漬けで育っている。ということは、絶対何か違うはずです。すぐに思い当たるのは、団塊《だんかい》の世代の次の世代が、シラケ世代といわれたことです。シラケてるというのは、ほかの人が一生懸命何かやっていても、私は知らないよと、よそを向いていることです。はたと気がついたのは、これができるのはテレビ世代の特徴じゃなかろうか、ということです。

テレビの中で起こっていることは、子どもにしてみれば、現実の世界とほとんど変わらない。中で起こっている会話も、テレビ語という特別な言葉を使っているわけではなくて、普通の日本語です。それが家庭にあるのですから、テレビの世界というのは、子どもにとっては普通の世界の延長です。

ここが、確実に違うところです。先ほど述べたように、テレビの中から誰かが出てきて、態度が悪いといって怒ることはない。テレビの中で夫婦ゲンカがあって、皿や茶碗が飛んでも、自分のところには飛んでこない。テレビの中で、主人公がガケから落ちそうなので、「落っこちそうだよ、危《あぶ》ないよ」と声をかけても、相手は聞いていない。

テレビの中の世界は、自分とまったく関係なく進行します。子どもの働きかけに対して、いっさい応えない。テレビというものは、自分の筋書き通りに勝手に事件を起こし、テレビのほうから子どもに働きかけてくることはありません。子どもにとって、そういう世界が、一日二時間から五時間半あるということです。

そうしたら、私の世代と違ってくるのは当たり前です。その違いとして、最初に現れたのがシラケでした。そういう子どもたちが二〇代になったときに、世の中で起こっていることに対して、「あれはテレビの世界ですよ」と、簡単に自分にいい聞かせることができた。つまり、直接関係ないよという態度をとるのが、その人たちにとって楽だからなのです。なにしろ、テレビで慣れている。現実の世界をあたかもテレビの世界として、いわば「譬《たと》え」として見ることが上手な世代だということです。

そうした世代の学生は、気になる言い方をします。その一つが、「いいんじゃないんですか」です。「その人と私は関係がないのだから、勝手にやらせておいたらいいでしょう」ということです。テレビの中で何が起こっていたって、現実とは関係ないんだよ、という感じ方がここに見られます。

若い方は気がつかないと思いますが、いまの若い人は、私から見ると自己が強い。自己が強いということは、「私は」というのが強いということです。ただ、「私は」という考えが強いことと、私が豊かだとか、私の中身がたくさんあるということとは無関係です。

「自分」が非常に強いために、ラーメンを食べようか、カレーライスを食べようかと悩んでいるのは自分ではない、という感覚があるのではないかと思う。「自分」とは、もっと高級なもの、遠くにあるものだと思っている。ラーメンを食べている自分と、「自分とは」と考えている自分、この間の乖離《かいり》が大きいのは、いつの時代、どこの世界でも、若い人の特徴です。しかし、とくにいま、これが強いような気がします。

自分が二つに離れてしまうのは、講義をしている私をテレビとして見るように、現実の自分をテレビとして見ることができるからだろうと思うのです。いまの若者は、自分をテレビの中の人物のように見ることができる。最近は、女の子だって、部屋の中がめちゃくちゃ汚《きたな》いことがあります。部屋の中というのは、まさにその人の日常なのですが、おそらくその日常を自分ではないと思っている。友だちとか、恋人とか、男の子たちには、もっといい顔をしているはずです。そうすると、外に出て人と会っているときの自分が自分で、部屋の中をぐちゃぐちゃにしたのは自分じゃないと思っているのでしょう。自由に自分のある部分を切り離しているのです。

そういう切り離しがどうして平気でできるかというと、やはりテレビ慣れしているからだと思います。テレビの中はほとんど現実そっくりですから、自分の世界もテレビと区別がつかなくなってくる。われわれが見ている現実というのは、結局、脳が決めているのですから、その脳が半分テレビ漬けになっていれば、世界がテレビに見えます。テレビに見えるということは、テレビの基本的な性質が、そこに現れてくるということです。その基本的な性質の一つが、たとえばテレビの中の夫婦ゲンカでは、自分のほうに向かって皿は飛んでこないということです。

テレビのせいだというのは簡単ですけれども、もうテレビを否定できません。なくすわけにいかない。一日に二時間から五時間半、子どもたちはテレビを見ているのですから、子どもとはそういうものだ、というところから話を始めなければ、どうしようもない。いくら年寄りが「俺はそうじゃない」といったって、「あんたのときはテレビがないんだから」といわれて、それでおしまいになる。いまや子どもとはそういうものだ、という前提に変えるしかない。

そうすると、いったいテレビってどうしてできてきたんだろうとか、情報化ってどうして起こるんだろうか、といった根本的な問題が前面に出てきます。

人は日々変わりつづける

現代社会は情報社会です。ところが、私には、情報に関して大きな誤解があるような気がして仕方がない。皆さんがお考えの情報というのは、毎日、毎日、新しくなって、次々送られてきて、したがって、あちこちフラフラ飛んでいるものだということでしょう。その情報が飛び交っているのは、確固とした人間の間。人間というカチッとしたものがあって、その間を情報が飛んでいる。そういうイメージではないでしょうか。

私はそう思っていません。話が逆だと思っています。つまり、人間はモヤモヤとした、わけのわからない、スポンジか、海綿《かいめん》か、ナメクジみたいなもので、それに対して情報は、カチンカチンに固まった正確な形を持ったものだと考えています。皆さんは、絶対にそう思っておられないだろうと思います。

情報とは何か。私が、いま話している言葉がそれです。それを受け取ってくださっていたら、それは情報です。では、言葉とは何か。それは、ここで止まっているものなのです。ところが、言葉が止まっているというふうに思っている人は、ほとんど一人もいない。

この間、そのことを見事に証明する事件がありました。クレームが癖になっているお客さんが、東芝の製品について電話でクレームをつけた。その人がクレームをつけてくるのは、東芝にはもうわかり切っているので、電話をたらい回しした。そして最後に出てきた社員が、そのお客さんに暴言を吐いた。そのやりとりを、お客さんのほうがインターネットで公開したという事件です。

どうしてそういうことができたかというと、そのお客さんは、電話の応対を全部テープレコーダーに記録していたのです。東芝はテープレコーダーをつくっている。自分のところでつくっているのに、言葉はいったん外へ出たら残ってしまうということを、本当には信じていなかった。それがわかる事件でした。

言葉というのは、いったん出したら引っこめられないのです。記録する手段さえあれば、皆さんのすべてのおしゃべりは、完全に停止しているということに気づかれるはずです。情報が停止している。記録にとってしまうと二度と変化しないからです。

そんなことは当たり前のことです。ＮＨＫのニュースをビデオテープにとって、五〇年後に見てもらえば簡単にわかる。五〇年先に、そこで見るニュースは、きょうと同じニュースです。つまりニュースは止まっている。誰もそう思っていないでしょうが、すべての情報は止まっているところに特徴があります。

　では人間のほうは、どうか。それを理解するためのいちばんいい方法は、ビデオ映画を見ていただくことです。たとえば同じビデオ映画を、二日間で一〇回見る。その実験を、日当一万円でやっていただく。一種類の映画を二日間にわたって、一日五回、続けて一〇回見る。そういう実験をやったら、おわかりになるはずです。

　映画が流れている間は、画面はどんどん変わるし、音楽が入ったりするから、「あれは動いているよ」とお考えになるかもしれません。一回目にそれを見終わって「どうでしたか」とたずねれば、感想をいろいろいただけるでしょう。それで二度目を見ていただく。

　最初見たときは、途中でトイレへ行った、お茶を飲んだ、おしゃべりした、お客が来た、電話が来たとかで、見落としているところがいろいろあります。それを継《つ》ぎ足《た》して見る。三回目になると、だんだん専門家に近づいてきます。自分が監督になっているつもりで、あそこはこうしたらいいとか、ここはああしたらいいとかいいだします。

　ところが、四回目になると、こんな映画つくりやがってと、怒りだす。五回目になると、もうあそこは見たくない、退屈だとかいって、ビデオの早回し。六回目とか七回目になると、もうとてもそんなものを見てる暇はない、嫌だといいだす。おそらく七回ぐらいになると、金を返すから、この実験には参加しない、やめたというのではないかと思います。

これでもうおわかりだと思いますが、一回目から七回目まで、映画はまったく同じです。寸分《すんぶん》違わない。違ったのは何か。皆さんのほうです。つまり、人間は二度と同じ状態をとらない。こんなことは当たり前です。脳も二度と同じ状態をとりませんが、人は二度と同じ状態をとりません。

私は、自分の個人のアルバムの最初に、お宮参りのときの赤ん坊の写真を貼っています。その写真は、もちろん私が撮ったわけではありません。なにしろ生後五〇日ですから。昔からこれは私だといわれている。でも私は信じていない。よその赤ん坊の写真じゃないかと思っている。ところがこれを「あんただ」と母親がずっといってきました。その赤ん坊が、いまや六〇を過ぎた白髪のじじいです。それじゃ、ある日突然そう変わったのかというと、絶対そんなことはないので、この六〇年間、一年三六五日の間、ずっと少しずつ変わってきたのです。それで、とうとうこうなってしまった。それが人間なのです。

情報と現実の人間、テレビと人間の根本的な違いは何かというと、テレビも情報もいっさい動かないけれども、人間は二度と同じ状態をとらないくらいに動くということです。とくに子どもはそうです。どんどん変わっていく。日ごとに成長します。

小児科の医者なんかたいへんです。徹夜で看病をしなければ死んでしまう。子どもの病気はアシが早い。だからときには徹夜でやらなければならない。

大人も子どもと同じです。ただ、大人はその過程がゆっくりしているだけです。成人したら人はもう変わらないと思っていますが、そんなのは嘘《うそ》です。日一日、人間は変わっていく。それに対してすべての情報は、情報化した瞬間から止まって動きません。一〇〇年たっても、きょうのＮＨＫニュースは同じニュースです。それが情報です。

人間が、そうやって、毎日毎日変わっているのに、皆さんは、そう思っておられない。きょうは昨日の続きで、明日はきょうの続きだと思っているに違いない。それが現代社会です。そういう感覚がどんどん強くなってくるのが、いわゆる近代社会です。どうしてそうなるのか。それは、人間がつくったもので徹底的に世界を埋め尽くしているからです。人間がつくったものは、つくった瞬間に止まってしまうのです。

そういうものが、われわれのまわりにたくさん出てきます。テレビなんか典型的にそうで、動いているという錯覚《さっかく》を与える。しかし、あれはつくられたわけですから、放映されれば固定してしまう。見ているほうの皆さんは、見るたびに変わっていっている。問題は、見るたびに「自分は変わっていっている」という実感を皆さんがお持ちかどうかなのです。

「自分が変わっていくという実感」を別の言葉でいい換えると、「生きている実感」です。自分が変わっていく実感を、日常生活で皆さんお持ちかというと、たぶんないのではないかなと思います。

本当の告知問題

なぜ自分が変わるという実感を持たないのか。たぶん、嫌なのでしょう。自分が変わることが嫌なのです。自分が変わるのがなぜ嫌か。それは当然嫌です。現在の自分が、部分的であれ死ぬからです。そして、変わった自分が世界をどう見るかは、いまの自分ではわからないからです。これは怖いことです。目が覚めた瞬間、崖《がけ》っぷちに立っていたらどうしよう、そういうことです。

私が「解剖《かいぼう》を見せてあげようか」というと、多くの人が「嫌だ」といいます。なぜ嫌かという理由もよくわかる。そういうものを見てしまうと、ひょっとすると自分が変わってしまうのではないか。感じ方や考え方が変わるんじゃないか。その感じ方や考え方が変わった自分というものは、いまの自分では想像がつかない。だから、そういうふうな危険なことはしないでおこう。おそらくそういうことだと思います。

子どもには、そういう気持ちはありません。根本的にはないはずです。なぜなら子どもは日々育って、変わっていくからです。だから好奇心が強い。危ないことをする。そういうものなのです。

もう一つ、大切なことがあります。いまの学生さんは、知ることを自分とかかわりのないことだと思っています。さっきのテレビと同じです。何かを知るとは、たとえば、料理の方法を知るようなことだと思っている。どういう手順でどうこうするのを身につけることだと思っています。

こういう意味での「知る」ということは、技法、ノウハウです。こういう知識は、インターネットで引けば出てくる。あるいは、本の中に入っている。先輩の頭の中におさまっている。CD-ROMに入っている。そういうものですから、それを引いてくればいい。それが知識。知ることとは、つまりそういうことを知ることである、それで何が悪いか。ひょっとすると皆さんは、そう思っているかもしれない。

そうではないのです。知ることというのは、それとは全然違う。北里の学生に、私は一時間目にテレビの話をして、その後にこういっている。「君らは大学へ入ったんだから、知ることとは、どういうことなのかを考えなさい」

知ることの典型的な例として、私は、学生に癌《がん》の告知について考えてもらうことにしています。若い連中ですから、実感はまったくないと思いますけれども、現実にそういう人がいるわけですから、「君らだって、医者にいつ、癌だっていわれるかわからないよ」と話す。いま、二〇歳ぐらいのその年で、「君、癌だ」といわれて、「あと三カ月、ないし六カ月しかもたない」と告げられたらどう思うか。

ちょうど春でサクラが咲いている。本当に癌だ、といわれて、自分がそうだと納得した瞬間に、サクラがどう見えるか。いままで見ていたサクラと違って見えるはずです。なぜなら、このサクラは来年はない。そうなった段階で、去年まで自分はどうやってサクラを見ていたか、どういう気分でサクラを見ていたか、それを思いだせるか。

おそらく思いだせません。

自分のことになれば、少しはわかるでしょうと、私はいいたかったのです。自分が癌で、あと半年しか命がないと思えば、人は変わります。癌の告知のいちばん大きな問題点は、じつはそこなのです。癌の告知の是非《ぜひ》を、私はいっさい議論しない。そんなことを議論したところで、告知される前と告知された後で自分がどう変わるかなんて、誰も予言できない。しかし、人が変わってしまうことは確かです。そういうふうに医者は他人を変える権利があるのか、ということを考えるのが、本当の告知問題です。

しかし、告知の問題でそんな議論がされたことはない。解剖を見せてやろうか、と先ほどいったのと同じで、喜んで本人が見たいというなら見せますが、私は無理に見せることは絶対しない。それによって人が変わるかもしれないからで、私にその人を変える権利があるかというと、そんなことはない。いいほうに変わるか、悪いほうに変わるか、そんなことは誰にもわかりません。

癌の告知について、告知したほうがいいとか、悪いとかいっていますが、医者は告知したほうが便利に決まっているから告知するのであって、告知する権利がどうとか、知る権利がどうとかということには関係がない。

いきなり「あんた、癌だよ」といわれていいかどうか。誰だって、自分のこととして考えればよくわかるはずです。「ちょっと待ってくれ」といいたくなるのは当然で、せめてひと月待っていってほしかったとか、いってほしくなかったとか、いろいろなことがあるでしょう。実際は、そういう気持ちを考慮して、ゆるゆると告知する、だんだんとわかるようにするというのが普通のやり方です。

そんなこと当たり前のはずなのに、知ることを危険なことだと親御さんが思っていない。だから子どもに「勉強しなさい」という。本当の意味で知ることが勉強することであれば、子どもに平気で「勉強しなさい」とはいえなくなるはずです。江戸の人はそれをよく知っていたから、こういっていました。「百姓に学問はいらない。町人に学問はいらない」と。

ピラミッドがつくられた理由

戦後の教え方では、それは封建的なことだからというけれども、まったくそれとは違います。世の中がある意味で安定していて、普通は、親の職業を継いできちっとやっていかなければならない。そういう厳しさがあったのが、当時の世の中です。その頃は、石油があるわけじゃない。人力と自然の植物生産をエネルギーとして、それに頼る生活ですから、贅沢《ぜいたく》はできない。食うや食わずです。そういうときに、うっかり学問して考え方が変わってしまったらどうなるか。毎日過酷《かこく》な肉体労働をやっているわけで、もうそういう労働をやらなくなるんじゃないか、という心配をする。そうなったら、本人が生きていくのに困るかもしれないから、よほどの覚悟がない限り、「百姓は勉強するもんじゃない」といっていたのです。

いまの時代に、平気で「勉強しろ」ということは、知ることはいっさい危険ではないと思っているからです。危険じゃないと思っているということは、はっきりいえば、オウムの学生さんと同じだということです。自分を変えない程度の知識を学校で身につけろ、といっているのですから、それじゃ、こっちも教師をやっていておもしろいわけがない。

私は東大出版会の理事長を、東大をやめる前に四年間やっていて、その四年間に出た本は、奥付を見ると発行者が私の名前になっている。その本の中でいちばん売れた本は、東大の教養学部の教科書でした。その教科書のタイトルは『知の技法』。これが三〇万部売れた。なんでこの本がこんなに売れるか。そう疑問に思っていたのですが、やっといまになってわかります。学生にとって、まさに知は技法、ノウハウになっていたのです。

私たちが教わった先生方が、暗黙のうちに教えていた「知」とは、技法とは違う「知」でした。古いことをいうようですが、『論語』に書いてある「朝《あした》に道を聞かば夕《ゆうべ》に死すとも可なり」ということです。「道を聞かば」という表現は、学問することを意味しています。

もし本当に「あなたは、癌だよ」といわれたら、自分が変わってしまう。そういう体験を繰り返していけば、しょっちゅう自分が死んで生まれ変わっていく。それなら夕方、改めて本当に死んだとしても、驚くことはないだろう。私は、「夕に死すとも可なり」とは、そういう意味だろうと思います。自分が変わっていくという経験を、繰り返し積み重ねていっている以上は、本当に死んだって何も怖がることはないだろう。それを怖がっているのは、一度も自分が変わったことがない人だ、ということになります。本気で変わったことがない、大きく変わったことがない人なのでしょう。

その根本にあるものは何か。それを私は、都市化、情報化だといっています。どういうわけか、人間というのは、固まったもの、固定したもの、安定したものをとても欲しがる。文明社会になると、なぜだか知らないけれども、カチンカチンに固まったものを好むようになります。

これは、なにも日本に限らない。人間の歴史を考えてみたら、よくわかることです。以前、東京で大英博物館のエジプトのミイラ展をやっていましたが、私がエジプトで好きなものの一つがピラミッドです。若いときから不思議でしょうがない。非常に魅力がある。なんていったって、これは形が安定している。どれくらい安定しているかというと、石であんなでかいものをつくって、五〇〇〇年もっている。しかも四つの角が、東西南北を正確に向いている。

それだけではないということも教わりました。はじめから細いトンネルが掘ってある。トンネルの行き先、いちばん奥に水盤がある。水盤には水をためてある。トンネルをずっと延長した空に星がある。じつは、北極星が水盤に映るようになっているのです。いまは北極星は映らない。なぜかというと、五〇〇〇年もたつと、地球の自転軸《じく》はズレてしまうからです。五〇〇〇年前に戻して計算してみると、五〇〇〇年前の北極星がここに映っています。

なんでこんなに方位にこだわったのか。方角というものは、時間とともに変わらないものの典型なんです。京都の住所でおわかりでしょう。「東入ル」とかありますが、あれが、きのうまでは東できょうからは西に入りますなんていうのでは、住所にはならない。東西南北はまったく変わらないものです。古代エジプト人は、その変わらないものにきちっと合わせて、こういう変わらない形をつくった。これは、情報と同じです。

「変わらない」ということを、昔のエジプト人は執拗《しつよう》に追求しました。そんなことにはなんの意味もない。実用価値もない。いまになっては観光価値だけです。それも五〇〇〇年たったからお金がとれるのであって、五〇〇〇年待たないと、なかなか、こんな石を積んだだけのもので金はとれない。同じようにいま石を積んだって、誰もが笑うだけです。

この人たちがさらに何をしたかというと、ミイラをつくりました。人間は、死ぬと腐《くさ》ってなくなる。日本の中世であれば、それを絵に描く。そしてその絵をお寺に飾る。若い女性が腐っていって、最後に白骨になってばらばらになる。これが「九《く》相《そう》詩《し》絵《え》巻《まき》」です。人は死ぬまでに九つの姿を経るという意味の絵巻です。それが中世日本の常識だったのですが、江戸になるとこんな絵は見なくなって、いまでは、こんなものがあるということすら知らない人がたくさんいる。

エジプト人もそういうのを嫌がりました。だから、死んだら、徹底的に固めた。固定した。変わらないようにした。別な言い方をすると、情報処理したのです。止まって動かないミイラを見るとつくづく思います。いかに都会の人が、こういうものを必要とするか。都市では、止まって動かないものがどうしても欲しいのです。

土建か本か

止まって動かないものをつくった人たちは、ほかにもいくらでもいます。たとえば、はじめて中国を統一した、秦《しん》の始《し》皇帝《こうてい》。彼は、堅固《けんご》な大城壁である万里《ばんり》の長城《ちょうじょう》を大増築した。始皇帝が手がけ息子に引きつがれたという阿房宮《あぼうきゅう》はなくなってしまいましたが、やはり有名な建築物です。とにかく秦は土建国家でした。その意味では、エジプトも土建国家でしたが、さらにすごい土建国家がローマです。

「すべての道はローマに通じる」というと、道路の便利さだけを強調しているように皆さんお考えのようですけれども、道路というのは、ものすごい土建なのです。当時は、アスファルトもコンクリートもありませんから、全部敷石を張る。ともかくローマの道路は立派です。それからもう一つあります。水道です。あれもすごい。ほとんどいまの高速道路です。

ローマの水道は、いわば高速道路の上を川にしている。そのようにして山からずっと水を引いている。こんなものを紀元前につくっているのです。あんなものをアフリカにつくったから、アフリカの人はびっくり仰天して、ローマ人は偉い、そんな国と戦争なんかしませんということにもなるわけです。現代でも都市化してくると、固定したものが増えていく。現代の日本もご存じのように土建国家だから、やたらにビルが多い。固定したものとしての情報は、必ずしも建造物やミイラだけではありません。まったく別の形で情報をつくる場合が、もう一つあります。

エジプトが土建国家であるといいましたが、そのエジプトから出ていった人たちがいる。『旧約聖書』にそれが書いてあります。モーゼの「出《しゅつ》エジプト」というのが、私はそのもう一つの場合だと思っています。

イスラエルの人たちは、何も持っていなかったか。彼らはエジプトから出ていっているのですから、おそらく土建型のそういう文明は嫌いなのです。その彼らの持っていたものは何か。『聖書』です。

『聖書』というものは、天地創造から始まって、最後の審判までが一冊の書物の中に詰まっています。このくらいカチカチに固定したものも、なかなかない。しかも、ピラミッドに比べると安くつく。本一冊です。キリスト教になると二冊になる。もう一つ『新約聖書』がある。本の中にすべての歴史を閉じこめてしまうという行為は、ピラミッドに非常によく似ていると私は思います。

このように、文明というものは、土建か本か、どちらかの「固定したもの」を持っています。イスラムは『コーラン』を持っている。ユダヤ教も、キリスト教も本を持っている。ところが、土建国家の中にいて書物を嫌がった人がいた。ご存じの秦の始皇帝です。始皇帝がやったことでは、万里の長城のほかにもう一つ有名なものがあります。それが焚書坑儒《ふんしょこうじゅ》。書物を焼いて、儒者《じゅしゃ》は穴埋めにしたという。まさにモーゼの逆です。

なぜだかわかりませんが、人間というものは、固まったものを欲しがる。文明とは、要するに、そうやって十重二十重《とえはたえ》にものごとを固めていくことなのです。

子どもたちは、そういう世界で幸せになるのでしょうか。カチンカチンに固まった世界で、いちばん不幸せなのは、たぶん子どもだろうと思います。

私の趣味の昆虫《こんちゅう》採集の話ですが、よく昆虫採集をいつからやっているのかと聞かれます。じつは私は、すでに小学校四年生の頃から、昆虫採集をまじめにやっていました。

三〇代から四〇代、五〇代の前半までは虫をとっていなかった。仏心《ほとけごころ》が出て、だんだんかわいそうになったのです。この趣味は、殺生《せっしょう》だなと思った。しかし、世の中の移り変わり、さらに自然の移り変わりを見ていて、だんだん頭に来ました。私がいくら虫とりを遠慮《えんりょ》したって、徹底的に都市化が進んで、どうせいなくなっちゃうじゃないか。俺がとったって関係ない。そう思うようになりました。

もう最近は、やけくそでどんどんとっています。「何が自然保護だ。ふざけんな」。どうせ私がとらなくたって、いなくなるんだから。本当は、とったっていなくならないのが当たり前の話なのですが。

データ主義では手遅れ

話を戻しますと、いってみれば、死んだ世界に子どもを閉じこめていっています。

じつは私は、そのことを心配しているのです。情報過多ということは、人が生きている実感がなくなって、データだけが増えてくるということです。

私は医学部ですが、医学部あたりは、現在では完全なデータ主義です。皆さんが、病院に行かれると何をされるか。お年寄りがよく文句をいっている。「先生、手もさわってくれなかった」というのです。それでは何をしているのかというと、もっぱら検査をする。

私は医者を紹介するものですから、紹介したお年寄りの患者さんによくいわれる。「先生、お願いですから、病院の先生にいってください。もう、検査はやめてと」

私もそういう体験をしています。滅多に病院には行かないのですが、一度、東大病院に検査に行ったことがあります。そのとき、医者がなんといったかというと、ただひとこと「一週間たったら、検査の結果が出ますから、また来てください」。これでおしまい。何にもしないのです。

それで一週間たって行きました。医者は、私の顔をちらっと見て本人だと確認して、あとは紙を見ている。横文字と数字がいっぱい書いてある紙です。そこに書かれてあるのが検査の結果です。医者はこれをじっと見ている。

それで私は、はたと気がつきました。私は解剖が専門ですから、死んだ人をじかに見つめる。医者は何を見つめているかというと、紙です。そこで気がついた。「ああ、あの紙が俺のからだだ」。紙の意味は、物理化学的なデータです。現代医学の中の身体は、物理化学的な測定値、データなのです。いまのお医者さんは、データの取り扱いは非常に上手になった。そのかわり、お年寄りに「手もさわってくれなかった」といわれています。

私のそのときのデータは、東大病院に残っています。しかし、こんなものは使えない。いまは、もう私は肺癌になっているかもしれないし、肝癌もあるかもしれない。でも当時のデータはなんでもないといっている。データというのはそういうものです。そのつど、そのつどのデータだからです。これをやるのは金がかかる。それなのに、なんでそんなに毎回毎回検査するのか。当たり前なのです。いつだって、一つのデータができあがった段階では、それはもう過去のものになっているからです。

現代の医者は、過去に生きている。なぜならデータ主義だからです。官庁もまたそうです。データ集めをして、対策を打つ。その間に世の中はどんどん変わるから、つねに手遅れです。

子どもはそういかない。毎日動いている。じつは子どもだけが動いているのではない。皆さん自体も動いています。しかしそのことを忘れる。文明化、近代化、情報化はすべて、生きている人間を無視するという傾向においてはまったく同じです。

自己もまた諸行無常の中

私がいちばん好きな時代は中世です。中世とはいつのことかというと、鎌倉時代から戦国までをいっています。中世の有名な文学の一つである『平家物語《へいけものがたり》』の出だしが「祇園精舎《ぎおんしょうじゃ》の鐘の声　諸行無常《しょぎょうむじょう》の響《ひびき》あり」です。そう、そのひとことに尽きます。いまの人は、諸行無常とは、夢にも思っていないだろうと思いますが。

諸行無常とは、すべてのものは同じ状態をとることはないということです。万物は常《つね》ならず。すべてのことは同じままではいない、ということです。

若い人はこれがわからない。なぜわからないのか。自己という観念が強いからです。三つのときから始まって、いまだに私は私だと思っている。それはまあ、思っているだけのことで、自己意識というのはじつはそういうものです。

先ほど情報と実体の話をしました。人間は動いているけれども、情報は止まっている。それをいちばんみごとに表現しているのが『方丈記《ほうじょうき》』の冒頭です。「ゆく河の流れは絶《た》えずして、しかももとの水にあらず」

誰だって、見れば河だとわかります。河の姿は、ここにこのまま止まっている。だけど、この河をつくっている水はどうかといったら、どの瞬間も決して同じ水ではない。私がすごいなと思うのは、その数行後です。「世の中にある人と栖《すみか》と、またかくのごとし」といっている。そこを読み落とさないで欲しい。人間そのものだって、栖すなわち都市だって同じでしょうといっているのです。それは一面、止まっている。しかし他面では動いてやまない。こういう中世にあった感覚が、いまやわれわれの中から消えてしまっています。

皆さんのからだもまったくそうです。一年たつと、皆さんのからだをつくっている分子は、きれいに入れ替わっています。骨のように代謝が少ないところは、残っているけれども、それだって一部入れ替わっている。去年と同じ顔で、同じからだだと思っていると、それはたいへんな錯覚です。皮膚の分子なんかは、ほぼ完全に入れ替わっている。分子に名札を貼っておいたら、その違いがよくわかるはずです。

だけど、皆さんそうは思っていない。どうしてそう思わないのか。皆さんの意識が、この自分はずっとつながっているのだ、と決めているからです。いくらこの自分がつながっているといったって、そんな保証は、じつはまったくないのです。皆さんは人間であって、固まった情報ではないのですから。万物は常ならずです。

「生死」のブラックボックス

胎児の標本を連れて

私は解剖学が専門で、亡くなった方の身体から、いろいろなことを勉強させていただきました。講演に行く際に、私はカバンの中に子どもを持っていくことがあります。胎児の標本です。水を抜いて、樹脂《じゅし》によって固めてある。最近は、このようなものができるようになりました。

私はどういう感覚でこれを持っているかというと、人間の子どもを持って歩いているという感覚でいます。普通の方はどうもそう思わないようです。「先生なんか人間がものに見えるんじゃないですか」ということをよくいわれます。若いときはそうかなとも思っていましたが、だんだん腹が立ってくる。

ものに見えるだろうといわれますが、本人はそういう気がしないからです。じゃあ、いったいどういうふうに見えているのだろう。そう自分で考えるわけです。

普通の方にそれを見せると、必ず聞かれることがあります。「この子、何カ月ですか」という質問をまずしてきます。胎児を見たことがないという人がほとんどです。

この質問に対しては、「だいたい大きさでわかるんですよ」と答えます。

胎児の大きさから、どのくらいの月数かを判断するには、簡単な計算をすればいい。一カ月から五カ月までは、月数を二乗してセンチに直せば、だいたい頭からお尻までの大きさが出ます。三カ月だったら、三×三が九、九センチということになります。では五カ月過ぎたらどうするかというと、そこから先は五をかければいい。そこから先は、ちょっと伸びが遅くなるからです。五カ月でちょうど五×五、二五センチになります。六カ月になると五×六で三〇。七カ月になると五×七で三五。生まれるときは五〇センチ、五×一〇カ月です。

私がいま持ってきている胎児は白い布に包んでいますが、これだとだいたい十数センチ、二〇センチ足らずです。先ほどのようにして概算すると、この標本は四、五カ月になる。これはじつは女の子なのですが、よく見ると、産毛《うぶげ》まで残ってて、非常にきれいな標本です。

この子を見ていて私がまず思うのは、この人は私より年上かな年下かなということです。というのは、これはたいへん古い標本で、大学にあった標本をこのような形に私が直したものなのです。もしこの人が生きていると、ひょっとすると私と同い年かもしれないし、年上かもしれないし、年下かもしれない。この人にはこの人の親があり、一家眷属《いっかけんぞく》というか、そういうものがあって、さまざまなことがあってここにこうやってきている。

非常に不思議なのは、この人の親戚ではないのですが、縁者と私がどこかでかかわりあっているのかもしれない。しかし、それは私にはわからない。「袖《そで》振り合うも他生《たしょう》の縁《えん》」といいますが、本当にそういう気がするわけです。

二人称の死体、三人称の死体

皆さんは、解剖というといろんなことを想像されるでしょうが、私が学生の頃には廊下にプラスチックのバケツなんか置いてあって、うっかり蓋《ふた》なんか取ると中に人間の頭が入っていたりしました。

ちょっとこれはホラーの世界になってしまいますが、だんだん慣れてくると、別に怖くない。

頭が置いてあったらこれはおかしいと思います。普通はその下に胴体がついているもので、胴体がついてないということは、これは誰かが切って、ここに置いたんだなというイマジネーションが働く。どうするかというと、イマジネーションで頭の下に胴体をつける。こうしてちゃんと胴体がついているんだということが、現実として受け取れるようになれば、気持ちなど悪くありません。

現代の思想では、死んだ人はものだというふうに考えます。死体というのはものであると考える。ご存じのようにお墓に行けば戒名《かいみょう》が書いてあり、そこに何かあるわけです。私どもが扱っているのは死んだ人ではなくて、亡くなった人の身体なのです。身体であるからにはそれはものだ、というふうに一般にはお考えになるわけです。

しかしそうはいかない。死体には三種類あります。このことを、ほとんどの方はお考えにならない。死体というのは、じつは人称の区別があります。文法でいう一人称、二人称、三人称の区別です。

一人称の死体とは何かというと、自分の死体です。これは経験に絶対ないものです。ただ落語にはある。浅草の観音様《かんのんさま》で「おまえが死んでるぞ」といわれて、粗忽者《そこつもの》が大急ぎで見にいく。確かに俺が死んでいるということを確認する。そこまではいいのですが、あそこに死んでるのが俺だとすると、この俺は誰だというのが落ちになっています。

これでよくおわかりのように、人間は自分の死体を知ることができません。

私どもが解剖で扱っている死体は、そのうちの三人称の死体です。もう一つカテゴリーがあって、それは二人称の死体です。これは何かというと、死んだ親、あるいは死んだ恋人とか奥さんとか、死んだ友であるとかそういうものです。これは、私の定義では基本的には死んでいないというしかありません。

外へ出て、道を歩いていったら交通事故で誰かが倒れていた。腸《はらわた》が出てしまい間違いなく死んでいる。からだの緊張感がないから、死んだ人はすぐわかるのです。顔だけこっちを向いている。その顔を見た瞬間に、それが自分の子どもや親であるならば、必ず側《そば》に寄っていくはずです。次にさわろうとする。手をかける。そして声をかける。必ずそういうことをする。

それが他人だったらどうか。遠巻きにしておもしろがって見ているか、逃げてしまうかのどっちかだと思います。三人称と二人称とでは、そこにある死体に対する行動が、百八十度違うわけです。

百八十度違うのだから、ここにあるものは別なものというしかありません。現代の社会が、ある種の客観主義を持っていることは確かであって、その客観主義からすれば死体というものはたった一つの存在です。

しかし私どもからすると、それは違う。いま述べたように、死体というものは、見る人の立場によって違って見えてくるものです。少なくとも、三通りに見えるものです。

私の教室で絶えず起きることがあります。数年前にも、遺族の方が教室にすっ飛んできたことがありました。学生が、亡くなった方をもの扱いしてるんじゃないか。それが心配だから見せてくれというわけです。ちょうど解剖が始まる日だったので、傷がついていない。それで、対面してくださいと申しあげて、お見せした。そうしたら手を合わせてそのままお帰りになりました。

私は、この標本は人だと思っているが、ものという言い方がどこからきたか、それが私の長年の疑問です。

死ぬ前と後では何も変わらない

一九九二年一月だったと思います。脳死後臓器移植に関する臨時調査会（脳死臨調）の報告書が出ました。このような報告書としてはめずらしく、両論併記《へいき》で発表されました。つまり脳死後臓器移植に賛成という意見と、反対という意見が併記されていました。反対意見は少数意見でした。

私は職業上読ませていただきましたが、少数意見の中に「死んだら人はものである」と書いてある。私は、次の行を読んで納得しました。そこには「なぜなら人権がないから」と書いてある。死者には人権がないから、あ、ここを書いたのは法律家だな、と私は思いました。つまり法律の世界では、生きている人には人権があり、死んだ人には人権がないのです。それが人間の定義なのです。なるほど法律家ならそう書くでしょう。

じつは、人は生きているときから、物体だと見れば物体なのです。死体というものもまったくそれと同じものであって、何も変わりがない。死ぬ前と死んだ後で、体重はいっさい変化しない。これについては、かつてアメリカで実験をやった人がいます。死にそうな状態の患者さんに頼みこんで、自分がつくった特別なベッドに乗ってもらいました。このベッドは精密に体重が計れるようになっていて、医者がご臨終《りんじゅう》ですといって心臓が止まったときに、目盛りが動くかどうかをじっと見ていたのです。観察の結果、全然動かなかった。そういう意味では、人ははじめから物体であって、生きているうちも死んでからも物体です。物体性を持つといったほうがいいと思うが、そう見ることができます。

いま引用した少数意見の表現では、人は死んだらものになる。ではそれを引っくり返せばどうなるか。生きていれば人、そういうことです。しかし唯物論《ゆいぶつろん》でいえば、生きていてもものだし、死んでもものだということになります。

ここに水を入れるものがあります。穴があるから花瓶《かびん》にもなる。たとえば私がこれで女房を殴《なぐ》って殺したということになると、凶器《きょうき》ということになる。同じものであるにもかかわらず、名前が変わる。皆さんはいま、椅子に腰掛けていますが、その椅子がすわり心地が悪いといって机の上に腰をかけると、机が椅子になる。つまりその使われる目的によって、名前を変えていいということがわかります。

ところが、皆さん方の名前は、赤ん坊のときから六〇、七〇になっても変わらない。私は自分のお宮参りのときの写真を持っています。赤ん坊が、いろんなものを着てあったかそうな格好でニコニコだかワアワアだか知りませんが、とにかく適当な顔をして写っている。それを見るとどうしても自分とは思えない。これは何か自分とは違うものです。

私の同級生に、ヤマサ醬油《しょうゆ》の家の跡取りがいました。その家では代々、儀兵衛《ぎへえ》を名乗るようになっている。ある年に、その同級生の名簿の名前が突然変わったのでびっくりしました。歌舞伎《かぶき》界なんかでもそうですが、いわゆる襲名《しゅうめい》ということをやります。社会的に決まったある種の役割につくと、名前が変わる。これは社会の中で起こっていることです。つまり人工のものに対しては、状況によって名前が変わるということです。

死んだらものということの裏には、生きていれば人という条件がある。つまり、生きていればという条件では、人と名前がつけられ、死んでいるという条件ではものというふうに名前がつけられる。ものとは何か。それはじつは人工のものです。脳死臨調の少数意見の表現は、人間を人工物として見た意見です。あるいは社会的なものとして見た意見である、ということがわかります。

脱「自然の存在」

問題は、人間というのは、ほんらい自然の存在だということにあります。自然の存在とはどういう意味かというと、人間が設計して、ある目的を持ってつくったものではない、という意味です。もし仮に設計者がいるとすれば、それは西洋でもどこでもそうですが、その設計者は「神」と呼ばれるものであって、人ではありません。

ヒトは基本的にある自然性を持っていて、とくにわれわれの身体は自然なのです。死んだらものという見方は、人間をそういった自然の存在とは別な社会的な存在、あるいは、人工的な存在として見ている見方です。私はそう思うようになりました。

以前、伊藤栄樹《いとうしげき》という検事総長をやられた方が癌になられて、新潮社から本を出されました。その題が『人は死ねばゴミになる』というものでした。皆さん方のご遺体をお預《あず》かりして、解剖しながらこれはゴミだといったら、遺族に殺されます。すべてを社会的に、つまり人間社会の尺度《しゃくど》で計ることができると多くの人は簡単にいいますが、私はそういうわけにはいきません。

人間社会の尺度と自然の尺度は非常に違っています。たとえば、生老病死《しょうろうびょうし》という言葉です。生まれる、そして年をとって、病を得て死ぬ。これが人間の自然です。

若いときのお釈迦《しゃか》様が生まれてはじめて町から外に出る。町の周囲が四角く囲われていて、四つの門がある。一つ一つの門を出たときに、赤ん坊に会う、病人に会う、老人に会う、死人に会う。そして出家する。じつは、その四角の中に囲まれている町、それがいま申しあげていた社会、人間のつくった世界です。

この世界は、われわれの脳が考えてつくったもので、そこにはすべて目的がります。ところが、生老病死に代表される人間の自然というものは、全然別のものです。自然であるがゆえに、すべての人はかけがえがない、というふうにいわれるのです。

インドというのは非常に古い国で、はるか昔に城壁に囲まれた町をつくりました。ヨーロッパではこれがいつできたかというと、ローマ人がそういうふうな町をつくってヨーロッパに植民したのです。まわりからゲルマン人がいつ攻めてくるかわからないから、四角い城壁を築いて町をつくっていました。現在そういう町がヨーロッパにたくさん残っていますが、いまの城壁はローマ人がつくったものではありません。

城壁の中は、典型的な人工空間です。そこに人間の意思《いし》がよく出ている。この中は人が決めた約束事の通用する世界である、この中は自然ではないというのが、それです。

では、どうして自然でないことが大事なのか。現在のわれわれのように、安全な世界に住みついた人間にはわからないところがあるわけですが、自然の世界というのは危険な世界です。予測ができない。統御《とうぎょ》ができない。つまりいつどこから狼《おおかみ》が出てくるかわからない。森の中で日が暮れたら怖くてしようがない、という世界です。

人間はずっとその中で生きてきました。これじゃとてもたいへんだということで、大勢の人が集まってある安全な空間をつくったわけです。その中で、われわれが考えたことが実現するように、すべてのものが正体の知れたものであるような、そういう世界をつくってきたのです。

そういう世界の中にずっと浸《ひた》っていると、何が起こるか。自然はあってはならないものだということになるのです。たとえば、この標本の子どもは自然です。誰も設計していない。だからこれをゴロンと町の中に置いておくと、騒動になる。死体というのも自然は、基本的に社会と折りあわない性質を持っている。それが死体の持っている問題点である、ということがだんだんわかってきます。

それで、苦しまぎれに「もの」とおっしゃっているのです。しかし何度もいうように、ものといえば、生きているうちから人間はものです。だいたい、ぶつかったらたいへんです。走ってきて誰かにぶつかった覚えは、誰にでもあるでしょうが、だいたい痛い。

そのときにぶつかったのは、ものに決まっている。相手の人はものだ。相手が幽霊《ゆうれい》なら通り抜けられる。それを死んだ途端に人間がものになるというような、そんなバカな話はないのであって、単に名前を変えただけだということはおわかりいただけると思います。

宗教の持つ役割

最近の私の頭の中にある大きな問題の一つは、人工に対する自然という問題です。人工と自然。こういう問題を私がはじめて考えたかというと、とんでもない話であって、ずっと昔から考えられてきました。

日本では、儒学《じゅがく》でいちばん有名な人は荻生徂徠《おぎゅうそらい》です。徂徠は江戸の学者ですが、当時の儒教は道ということを説いた。道は先王《せんのう》の道です。先王というのは先の王様と書きますが、つまり聖人がつくったものです。そういうことを、はっきりといっている。つまり道というのは人為《じんい》である。しかし人の生は、人為ではない。これは天である。

つまりその場合の天というのは自然ですが、徂徠はもっとわかりやすく「米は米、豆は豆」といっています。

江戸の初期の儒教では、誰でも道を知れば聖人になれると教えました。しかし徂徠はそうはいわなかった。米は米、豆は豆で、豆は米にはならないし、米は豆にならないといった。雷《かみなり》が鳴るのはわからんが、道は人間のつくったものであると。

まったく同じようなことを、違う表現でいった人が二宮尊徳《にのみやそんとく》でした。尊徳も、やっぱり天道と人道とはっきり分ける。家を建てる。塀《へい》がある。これを放っておくとどんどん壊れていく。屋根はいずれ雨漏《あまも》りがするようになり、塀はいずれ崩《くず》れていってしまう。これは天道であると尊徳はいう。つまり私流にいえば、それは自然です。それをなんとかして漏れないようにし、塀を補修して建てていくのが人道であるという。つまり人間のやることだというのです。

徂徠とか尊徳の書いたものをお読みになると、日本人の常識というものが、そこにある程度出ていることがおわかりいただけると思います。

最近つくづく感じるのは、自然が失われていくということです。都市においては、すべては人間のつくったものですから、それには目的があり、意図があり、ちゃんとした価値があり、わかるようになっています。しかし自然はわからない。

宗教はどこに属するかというと、宗教は根本的に「わからん」ということをいうものです。それは一種のブラックボックスであって、人間がすべてわかるわけじゃありませんよというのが宗教です。先ほどの生老病死がそれです。

われわれは、どういう理由があって生まれたか。何の目的で生まれたか。どうして年をとるのか。いったいどういう病気になるのか。なぜその病気にならなきゃいけないのか。そしていつ死ぬのか。なぜ死ななきゃならないのか。これはどれもわからない。これはブラックボックスです。

そういうブラックボックスの部分をどこに置くか、どの程度評価するかということが、じつは社会の中で宗教が果たしてきた役割です。ちょうどいま、私が自然と申しあげていることが、まったくそうであって、完全にはわからないものです。

ところが社会というものは、いま述べたように、すべてがわかるようにつくられたものです。なぜなら頭の中にあるものを出してきたものですから、人間にはわかるに決まっている。そこに、ふいに予想しなかったことが起こるから、われわれはそれを不祥事《ふしょうじ》と呼ぶのです。ところが自然というものは、もともとわからないのが当たり前です。

私は、宗教というのは、それを教えていくものであると思います。そういう役割を果たしていったものじゃないかという気がする。宗教の力が弱くなってくるのは、人工化が強くなったからです。死んだら人はこうなるなんて、そんなことはわからない。そういうわからないものをわからないという役割を、ほんらい宗教は持っていたような気がします。

つまり、社会の中で人間が暮らしていたときに自然が演じていた役割を、宗教がその後社会の中で持ってきたのだと思う。お釈迦様の話のように、生老病死という言葉が、四苦八苦《しくはっく》の四苦ですが、昔から日本の言葉の中に残っている。これも人間の自然性を指しているのだろうと、私は解釈しています。

失速する世界地図

このように考えてくると、大げさな話になりますが、世界の歴史もちょっと変わって見えてきます。

インドは現在どういう状況かというと、これは高度先進社会とは到底いえない。しかし非常に長い歴史がある。進歩史観からいえば、インドは停滞している。では中国はどうか。まったく同じです。ここ二〇〇〇年、中国の歴史は根本的には変わっていない。それではいま調子のいいところはどこか。西ヨーロッパか。そろそろ調子が落ちてきてるんじゃないかとも見える。それからアメリカ、日本がある。このへんが高度先進社会、技術社会と呼ばれている。では、こういうところの特徴は何か。

ヨーロッパは、地中海の周辺地方と、現在西ヨーロッパと呼ばれている地方の二つに分かれます。地中海の周辺は二〇〇〇年以上前に最盛期を迎えて、いまは昔のようではない。北アフリカを含めてそうです。

中近東においては、チグリス・ユーフラテスは人類文明の発祥《はっしょう》の地です。都市文明は、紀元前五〇〇〇年、六〇〇〇年からできあがっていますが、いまどうなっているか。ここも地中海沿岸によく似ています。昔はゾウもいたし、ライオンもいた。しかしいまは全然いません。

インドはどうか。熱帯ですが、熱帯降雨林は一度切ると再生しない。表土《ひょうど》が流れてしまいます。雨季に表土が流れると、一種の荒れ地を構成します。

中国はどうか。黄河《こうが》というのは、泥が水の中に混ざって黄色くなっている。北京《ペキン》は黄塵万丈《こうじんばんじょう》、砂が飛ぶ。なんであんなことになったか。それは二〇〇〇年以上前をお考えになればわかります。万里の長城をつくっています。あるいは秦の始皇帝は兵馬俑《へいばよう》をつくっています。お墓の近くに兵馬俑を置きました。一〇〇〇単位に達する人間と馬などの等身大の焼き物をつくっています。

二千何百年前にそういうものをつくったら、薪《まき》がどれだけいったか。そのことをお考えいただくとわかります。その辺の森林を切って万里の長城の煉瓦《れんが》を焼き、兵馬俑の陶器を焼き、それ以外にもたくさんのものをつくったはずです。当然あの辺の森林は坊主になった。すべてが荒れ地に変わった。黄塵万丈になって当たり前です。黄河というのは中国人がつくったのではないかという気がします。

それと対照的なのが西ヨーロッパです。西ヨーロッパをいま汽車で旅行するとわかりますが、ゆるやかな平原がずっと続いている。あれはじつは全部森林だったのです。その森林を、中世以降一九世紀までかけて削《けず》ってきたのが西ヨーロッパです。

アメリカには、ここ二〇〇年間にわたって西部がありました。西部とは何かというと、自然があったということです。それを徹底的につぶしてきた。建国の頃のアメリカの旅行記を読んだら、ロッキーのちょっとした山の上に登って遠くを見ると、地平線が見えると書いてあります。地平線までバッファローで埋まっていると書いてある。そのバッファローが、一九世紀に五〇〇頭にまで減りました。

自然と闘っている人間、自然と直面して生きている人は勢いがいい。そういう文明には勢いがあります。自然と直面してそれを破壊するのは、自然と直面している証拠です。そうして生きている文明は強い。ところが、いったんそれを失った文明は、いわば歴史が循環する。それが中国でありインドであり、あるいは中近東です。

心の中から失われていくもの

日本は貧乏だったにもかかわらず、たとえば江戸時代に、京都、大坂、江戸という当時の世界の中でも指折りの大都市を支えてきました。これは日本人が勤勉だったからとよくいいますが、中国人だってアメリカ人だってそれなりに勤勉です。むしろ、日本の自然には非常に奥行きがあって、再生力が強いところに目を向けるべきではないでしょうか。日本の自然は、特殊な自然であるというふうに私は考えています。日本の文化は、そういうものと直面して生きてきた文化です。

では中国はどうか。思想には諸子百家《しょしひゃっか》がありました。そういうさまざまな考え方が出て、二〇〇〇年後はどうなったか。儒教だけが生き残ってきます。諸子百家の中で儒家だけが生き残ってきたということは、東京のこういう建物の中に生き残る昆虫はゴキブリだけだ、というのとほとんど同じことだ、と私は考えています。

つまりそれだけ環境が単純化したのです。儒教の中には、つまり『論語《ろんご》』の中には自然に対する言及《げんきゅう》は見られない。『論語』が日本で広まっていくときには「厩《うまや》の火事」になる。厩の火事という落語です。

孔子《こうし》様の弟子が、先生のところにすっ飛んでくる。「先生、厩が火事です」。そうすると孔子がなんというか。「人間に怪我《けが》はないか」と聞くわけです。それで孔子は偉いという話になるのですが、日本では落語になってしまう。中国では美談なのに、日本では落語になるという点に注目していただきたい。馬という自然は、中国人にとっては人間のためのもの以外の何ものでもないのです。

かつて、ユン・チアンの『ワイルド・スワン』（講談社）という小説がたいへん評判になりました。ある一家の歴史を書いたものですが、その中で私がよく覚えているエピソードがあります。文化大革命の直前に大躍進《だいやくしん》政策をやる。毛沢東《もうたくとう》思想で農村を改造する運動です。その結果こんな大きな豚ができたといって、大きな豚をトラックに載せて田舎の村を回るエピソードが書いてあります。

その豚が張り子の豚なのです。中国では張り子の豚でいいのです。なぜなら自然が問題なのではない。豚が豚であることが問題なのではなくて、毛沢東思想の象徴としての豚であればいい。つまり毛沢東思想によれば、豚はこういうふうに大きくなる。それがわかればいい。豚であろうが張り子の豚であろうが、そんなことは関係ない。これが人間社会というものです。そこでは自然の観念というものがありません。

いま、自然保護ということがよくいわれていますが、私は、外側の自然が失われていくのと、われわれの心の中から自然が失われていくのとが、ほとんど並行して起こっているように思います。

外の自然がなくなるから、人間の心の中の自然が失われていくという面もあれば、人間の心の中から自然という、つまり何ものとも知れないもの、先の読めないもの、気味の悪いもの、そういう統制のできないもの、そういうものが失われていくにしたがって、外の自然が失われていくという面もある。私は、それはたぶん並行した現象であろうと考えています。

そして、宗教というものは、本来は、そのわからないものの実在を教えるために人間社会の中に存在していたものではないか。そういう役割を持ったものではなかったか、というふうに考えているところです。

第4章　手入れの思想

「世界」の行きつくところ

一〇億年かけて続いてきたシステム

現在の脳に関する学問をはなはだ乱暴に分けてみると、一つには神経科学という古典的というか正統的な分野があります。もう一つ別なフィールドで、心理学、認知学、精神病理学の一部、あるいはコンピュータを含めた学問の分野があります。こういった部門の学問をなんと呼んだらいいかわかりませんが、いちおう認知科学に近いものと考えていただければいいかと思います。私は、この二つは、情報科学としては違うシステムを取り扱っていると考えています。

古典的な神経科学で扱っている情報系は、最終的には遺伝子（ゲノム）です。遺伝子のいちばんの核心部分は何かというと、ニューロンという神経細胞を生かして動かしている情報を含んでいるということです。

われわれの細胞は、いつできたかわかりませんが、少なくとも脊椎《せきつい》動物になってからでも四億年たっているから、おそらく一〇億年かけて代々続いてきたシステムです。すべての細胞は細胞から生じるわけで、皆さんが存在するのも、その系列が途中で切れていないからです。あるとき地球に細胞というシステムが成立し、そのシステムが現在までずっと生き延びているわけです。そのシステムが持っているさまざまな具体的な情報を記録し、次の世代に残していく情報系が遺伝子系です。そういった情報系を扱う学問が、古典的な脳関係の学問です。

ヒトとイヌの脳がどう違っているのかという議論を詰めていけば、遺伝子に行き着きます。あるいは脳生理学がたどるニューロンの電気的な活動がいかに行われるかという性質も、最終的には理解できるという前提で、こういう仕事が進んでいます。

心理学や認知科学は、脳そのものは扱っていない。すなわち脳がいかに機能しているかを最終的に扱っている。これは神経系という別な情報系を扱っているわけです。

この二つの大きな情報系、すなわち遺伝子系と神経系が生物にあるんだよ、と私はよく学生にいっています。しかし、神経科学の専門家は、しばしば神経系もゲノムの産物であると見てしまう。それはそれで正しいわけですが、逆に考えると、ゲノムの性質がどうか、どうやって脳をつくっているのかということを考えているのは脳、神経系という情報系です。そうすると、どちらも立てないと話がおかしくなる。ゲノムが脳をつくるといっている専門家の脳を削《けず》ってしまうと、議論そのものが消えてなくなってしまいます。

植物やアメーバは脳なしで生きている。つまり、脳がなくても生きることはできますが、人間は「ゲノムとはなんぞや」という言葉で考えはじめた。それは神経系です。ゲノムがないと脳ができないし、脳がないとゲノムについては考えない。このように異質な二つの情報系、神経系と遺伝子系が含まれているということを、まず申しあげておきたいと思います。

われわれは皆、超能力者

次に、二番目の神経系そのものの性質とは何かということを申しあげたいと思います。

脳とは何か。情報処理装置としての脳を考えるときに、脳は簡単に定義することができる。入出力装置です。それだけの話です。

いくら入力しても途中で消えてしまう場合が、脳の場合たくさんあって、話を聞いているようでも全然聞いていない。そうかと思えば、心頭《しんとう》を滅却《めっきゃく》すれば火もまた涼しで、徹底的に入力しても動かない場合がある。これも当然で、脳の中の抑制系の働きです。だから入れたものが素直に全部出てくるとは限らない。中でキープしてしまう。抑制系がないと、中で刺激の増幅作用があって、興奮し、最終的には面倒なことになってしまいます。

神経系には、興奮系と抑制系の両者が含まれていて、それはシナプスの性質です。それをつくっているのはすごく簡単なものです。脳はむずかしいといいますが、解剖《かいぼう》学的《がく》に見るとニューロンが繋《つな》がっているだけのことです。

ニューロンのほかにはグリアという細胞がある。これはニューロンの親戚です。グリアがニューロンの間を埋めていて、ニューロンは裸《はだか》で存在している。ニューロン同士を繋げているのがシナプスです。あと脳にあるのは血管で、そのほかには何もない。つまりニューロンとグリアと血管。この三つが脳の構成要素です。器官として考えると、脳は肝臓より簡単にできています。

それがいろんなことをするものですから、考えようによっては不思議ですが、いっこうに不思議ではない。皆さんは、ご自分でやっておられることが全部わかっているわけではない。典型的な例を一つあげましょう。長嶋茂雄《ながしましげお》が現役《げんえき》のときに、ホームランをたくさん打った。他の選手にはできないことです。

野球とは何かというと、単純にいえば、飛んできたボールをバットで打つ。古典力学の範囲で全部説明できる話です。では長嶋が自分がやっていることを説明できるかというと、できない。自分でわからないことをやっているわけですから、見方によれば、超能力ということになってしまう。

なんでこんなことができるんだろうということを知らないまま、われわれは、しょっちゅういろんなことをやっています。だが、それを知っているというのはどういうことなのか。それは、われわれの脳が持っている「意識」というものです。

何をしようと、基本的には脳に行き着く。長嶋が自分のやっていることを説明できないだろうと申しあげたのは、意識的に説明できないということです。しかし意識的に説明できなくてもできるわけだから、ある意味では超能力でしょうと申しあげたわけです。

皆さんは外界に自分の理解できないことがあると、超常現象だと思う。それは現在の段階で理解できないことが起こるからです。皆さんが日常的にご自分がやられていることも、丁寧《ていねい》にお考えになると、そのほとんどが超常現象です。

隣の部屋に本を取りにいこうと思って動きだしたら、無意識に身体が動いて本を取ってきてしまう。そのプロセスを論理的に説明することはできません。では、そういうロボットをつくれるかというと、なかなかつくれない。ということは、自分が何をしているかを、じつはわかっていない。自分が何をしているかわかっていないことをできるということを、ここでは広く無意識といっています。

その入出力系は、意識という妙なモニターを持っていて、脳が自分自身がやっていることのほんの一部を知っている。それが世界を把握《はあく》している。その結果、何が違ってくるのかというと出力が違ってきます。

入力は五感です。出ていくのは一つで、それは運動です。運動といってもいいし、行動といってもいい。さらにもっといえば、筋肉の収縮、随意筋《ずいいきん》の収縮。もっと厳密にいえば、アセチルコリンが運動神経の末端から放出されることだ、といってもいいと思います。

人間が意識的にやっているのは、それしかありません。私たちは、筋肉の運動を止めてしまうと何もできなくなってしまいます。痛いも痒《かゆ》いもいえなくなる。いっさいの意思表示《いしひょうじ》が欠けてしまう。うっかりするとそういう患者が発生する。いっさいの出力を止めてしまうと、息ができなくなる。呼吸は、筋肉が動かないとできないから、死んでしまう。しかし、いまでは人工呼吸器があって、呼吸ぐらいは機械でやらせることができます。宇宙論研究者のスティーブン・ホーキングは筋萎縮性側索硬化症《きんいしゅくせいそくさくこうかしょう》ですから、そのうち全筋肉が随意で動かなくなり、声も出せなくなり、字も書けず、合図も出せなくなります。

このような状態を考えてみると、その人は確かに生きているが、何を考えているのかわかりません。脳波をとることはできるが、脳波を見て、脳が働いているということはわかるが、何を考えているかはわからない。

入出力装置として脳を見たときに、入ってくるほうが五感で、出ていくほうが運動だということを申しあげたのは、決して単純な話ではありません。

意識ほどあてにならないものはない

われわれは意識という奇妙な問題を持っていて、自分自身の脳が何をしているかある程度知っています。こういう意識は、コンピュータにはないだろうと多くの方がおっしゃるが、あるかないかわからない。いまホーキングを例として出したのは、じつはそういう外部に表出される表現がないと、われわれは相手に意識があるかないかなかなか確証できない、ということをいうためです。

動物に意識があるかないかは、よく議論の種になります。しかし、これは客観的に証明のしようがない。こういう議論は証明される必要がありますが、いちおう、われわれは動物には意識がないという前提で暮らしています。

意識というのは限定されたものです。皆さんは、毎日決まった時間になると意識がなくなる。それが睡眠です。意識ほどあてにならないものはありませんが、不思議なことに皆さんは、その意識を徹底的にあてにして暮らしている。

昼間働いているときは意識があるが、酔っ払ってしまうと、たちまち意識がなくなってしまう。ところが、意外なことに無意識がコントロールしてくれていて、翌朝目が覚めてみると、ちゃんと自宅の床《とこ》の中にいる。どうして俺は自宅にもどってきたのか、全然覚えていないのに……。

この意識がどれくらいあてにならないか。次ページの図を見ているとそれがわかっ

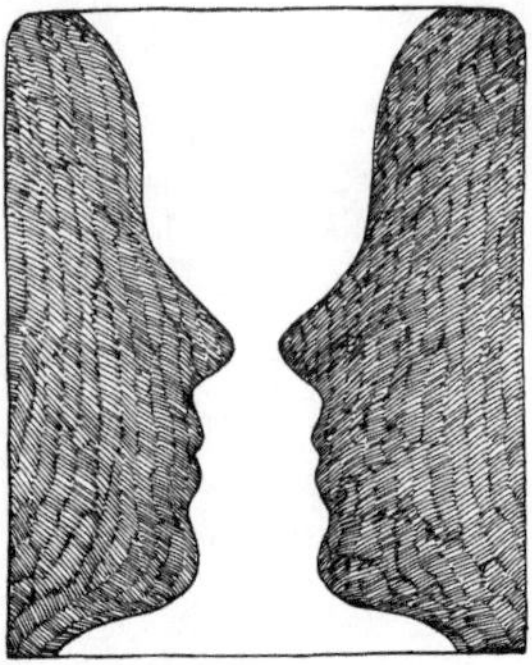
イラスト　小林路子

てきます。二通りの見え方がありますが、ある面を見ていて、三秒もたつとその面が勝手に変わってしまう。意識はふらふらして、だいたい一つのことへの集中は三秒と続きません。

聖徳太子《しょうとくたいし》は七人の話を一度に聞いたという伝説がありますが、あれは、一人のいっていることを三秒ずつ合計二一秒置きに聞いたんじゃないか。それなら可能です。これは冗談《じょうだん》ですが、人間の意識がいかにあてにならないかということが、こういう簡単な実験からも明らかです。

そういう意識を使って、われわれはいろんなものをつくりだしています。つくりだした出力を表現といっている。この表現の中にはさまざまなものが含まれますが、その一つの典型が言葉です。いま、私は一生懸命言葉を出していますが、これは何かを表現しているからです。

その表現を介して、皆さんは自分の脳でそれを受け取り、何か考える。私どもの世界は、脳という入出力装置があって、そこにさまざまな入力が入ってきて、それが出力として出ていく。それが相手にとっては表現ということになります。そして、その表現がもう一度入力として入って、また出ていき、さらに……というようにループになっています。

私自身がものを書くときには、書いた文字が残って、それを読み直しながら原稿を続けていきます。そういったきわめてはかない意識が、じつは表現をつくりだすことによって定着していきます。

表現を説明することによって、われわれの脳は意識を定着することができます。動物に意識がないのは、彼らは表現の定着方法を持っていないからです。彼らの脳でも、相当いろいろなことがわかっているのかもしれないが、それをもう一度自分の脳にフィードバックしていくという過程を、自分でなかなか実行できない。しかし、われわれ人間は、さまざまな微妙な表現方法を持っています。

さまざまなものが意識の表現として出てくるわけで、建築物もその一つです。イタリアの古い町に行くと、町の真ん中に大きな教会がある。ドアを開けると彫刻があって、全部聖書の物語になっている。そういうものすべてが表現です。それを見た人はそこからなんらかの影響を受ける。

そうやって私たちの意識は、外部的に表現します。その表現をさらに入力するという形で、繰り返している。その繰り返しのループを、生きている間中やっている。そこにできあがってきたものが言葉であり、都市であり、文化であり、伝統であり、建築物なわけです。

「空き地」の見方

私たちが現実と思っていることは、ほとんど脳のつくりだした表現なのです。そういった表現の世界が、文化、伝統、社会と呼んでいるものです。

もう一つ、無意識的な表現というものがあります。それは、世界の至るところにある。皆さんがちょっと外に出て柳の木を見る。あれは人間がつくった恣意的《しいてき》な表現ではありません。しかし、われわれの意識は、表現の世界になれていますから、自然を表現として受け取ってしまう。むしろ、進化的に考えるとそちらのほうが先でした。つまり、自然の状況が先にあって、それを表現として受け取っているのが動物です。

人間は、その中で意識的な表現を重点的に増やし、ついには意識的表現のみで世界が占《し》められるという状況にまで達します。それが、われわれが住んでいる世界だと私は思っています。

東京では、人間がつくらなかったものを探すことのほうがむずかしい。東京で雑木《ぞうき》林《ばやし》があると「あそこに空き地がある」という。そもそもそこに木があることは無視している。それで、その空き地にマンションを建てて一棟いくらで売るといくら儲《もう》かる、という話をする。自然はそこに存在しません。自然がそこに存在しているのに、空き地と考えるわけですから。

こういう意識化が進んだ挙《あ》げ句《く》の果てが、都市社会です。都市社会は、基本的に人間のつくりだしたものしか置かない。そういう約束事の世界ともいえます。

そこにあってはならないものは、人間の意識がつくりださなかったものです。その例がゴキブリ。現代人がゴキブリを徹底的に嫌う理由は、設計した覚えがないからです。あの形を見ていると、必然性がわからない。なぜ平べったいのか、なぜヒゲの長さがあそこまで長くなくてはいけないのか。どっちを向いて走っているのか、その意図がわからない。こういうものを見ると、現代人は錯乱《さくらん》状態になります。油紙みたいな色をしているが、そういう用途でも使えそうもない。このように、人間の意識の中で位置が決まらないものは何かというと、自然です。それは意識がつくったものでないから、都市の中に持ちこむと、野蛮《やばん》だといわれます。

私がここにゴキブリを一〇匹隠し持ってきて、いきなり床に放すと、これは明らかに公共の秩序を乱す行為になります。でも、そんなことをしなくても、もっと簡単にやる手があります。私がこの演台に完全に裸になっていきなり出てきたらどうでしょう。たちまちパニックで、警察からパトカーが駆けつけてくる。どうして人間の身体の露出が認められないのかというと、人間がつくっている空間にはそういうものを置かないという約束になっているからです。

こういうことを考えても、いかに皆さんが意識の世界を護《まも》ろうとしているかがわかります。なぜ、裸がいけないか。それは誰も設計図を出していないからです。ということは、誰も私の身体の状態に対して責任が持てないということです。責任を持つ人がいないということは、危険思想です。

猥褻論《わいせつろん》というのは、じつはこういうことに構造的に深く関係しています。現代社会は、人間がつくった意思的なものが実在である社会で、それを維持するために、ある種の表現は徹底的に規制する。それが都市であると定義すると、われわれが文化的特徴と呼んでいるものは、じつは意識的な現実がどういうものであるかをそれぞれ歴史的に規定してきた表現の集団である、ということができます。

森の魔物の格下げ

日本の社会は、そういう自然の規制について、他の社会とはまた違った特徴を持っています。まず、典型的には言葉が違っている。

どんな表現でも、ソシュール（言語学に革命を起こしたスイスの言語学者）にいわせると、きわめて恣意的なものです。たとえば日本語の「魚」は英語で「フィッシュ」、フランス語では「プワソン」といいます。みんな同じものを指しているわけですが、表現はまったく違っている。逆にまったく表現は違っても、同じものを表す。それができるようになったのが現代人の特徴です。

この場合の現代人とは、五万年前からおそらく地球上に広がってきた新人をさしています。それ以前の人間はネアンデルタール人といって、人類学的には旧人類と呼んでいる。

新人の特徴として、シンボル体系を自由に操《あやつ》る能力があり、その典型が言語です。言語的な表現とは意識的表現であって、それが広がってくると、都市になります。

都市では基本的に意識的な存在しか中に置きません。そういう領域をかつてはどうつくったかというと、四角で囲って「この中がそうだよ」と決めたわけです。世界中どこに行っても存在する都市の城郭《じょうかく》が、その領域を決めている。古い日本の弥生《やよい》時代、吉野ケ里《よしのがり》は堀で囲んだ。大人が走っていってぴょんと飛んだら飛び越えられるぐらいの堀です。この程度なら守るためのものではありません。

ヨーロッパの中世の城郭都市は、最初は柵《さく》で囲った。これも馬でいっぺんに飛び越せる程度であって、守るためではない。これは「結界《けっかい》」というしかありません。

この中は外の世界とは違う世界です。平安京、平城京はおそらく唐《とう》の長安《ちょうあん》を模していると思いますが、長安には塀がありました。

一方、ずるずると自然と繋がっていくというのが日本の都市のつくり方でした。それは自然とのかかわりあいを、明確に表しているような気がします。こういった世界は、いつ頃できたのか。なんと人類はものすごく古くからやっています。中近東がそうですが、紀元前五〇〇〇年にはもう都市をつくっている。

都市化という意味でいえば、中近東はたいへんな先輩で、考古学的な発掘で都市が累々《るいるい》と繋がっていることがわかっています。だが、その都市がことごとく滅びている。

ではその周辺に何があったかというと、基本的には森があった。

森は自然です。中世のヨーロッパの都市の人間にとっては、森の中に住んでいる人間は、人間ではなく魔物《まもの》でした。ヘンゼルとグレーテルの魔女は森の中に棲《す》んでいますし、赤ずきんちゃんのオオカミは人語を解すオオカミなのです。言葉で語って、それを書物にして使えるのは都市の人です。百姓や樵《きこり》のように、自然の中で暮らしている人間は書物など読まない。都市の人間とは、生きる原則がまったく違っている。したがって都会の人間から見れば、彼らは異界の人間ですから、魔物とみなす。それは世界中どこでも同じです。

そして都会の勢いが強くなってくると、魔物からだんだん格が落ちて非差別民に変わっていく。それも世界中まったく同じです。

中世のヨーロッパを例にとると、人間の自然そのもの、つまり身体を直接に扱う職業は一段身分が低くなる。医者の世界でいうと、外科医と内科医では、フィジシャンの内科医のほうが身分が高い。外科医は床屋と共通で身分が低い。その伝統がいまだにイギリスに残っていて、お医者さんが来たとき、その医者が内科医ならドクター・スミスと呼ぶが、外科医ならミスターだけつける。

外科医と内科医の地位がほとんど同じになってきたのは、フランスではルイ一四世の最盛期でした。ルイ一四世は痔疾《じしつ》を持っていました。それが悪くなってどうしようもないので、外科医を呼んで手術をした。おそらく決死の覚悟でやったと思いますが、大成功して、以来フランスでは外科医の地位が上がりました。

それに似た職業に産婆《さんば》さんがあります。産婆さんは医者よりもっと直接人間の身体に触れるわけですから、身分が下になる。

マニキュア、ペディキュアというのがありますが、ペディキュアというのは一つの職業です。いま日本では、ペディキュアというのは足の爪を紅く塗ることだと思われていますが、「ペディス」というのは足の部分で、「キュア」は治療です。西洋人はもっぱら靴を履《は》いているので、魚の目ができたり、外反母趾《がいはんぼし》が生じるのは当然であって、これを専門に治療する職業が成立していました。それをペディキュアといいました。

この人たちも当然身分が低い。

自分の思い通りになる世界をつくろうと

このように自然に住む人たちと都市に住む人たちは、歴史的に見てもはっきり区別されています。それは、世界中いたるところに共通に起こっている現象です。いま、中近東がいちばん古いと申しあげましたが、中近東に意識の世界、つまり都市が成立するのは、紀元前五〇〇〇年頃です。文献として残っているのは、たとえばシュメールのギルガメッシュの伝説です。

私は中近東に行ったことはありませんが、行きたくないのです。砂漠には、虫がいないからです。私は虫が好きなので、虫がいないところに行ってもしようがないと思っていますから。

ところが、驚くべきことにシュメールの伝説によると、あそこは大森林地帯だったのです。シュメール人は、その森を切ってはいけないといっている。なぜいけないかといえば、そこにシュメールの神様がいるからです。フンババという、いまでいうとゴジラということになるのかもしれませんが、半人半獣の守り神がいて、森の中に住んでいた。ギルガメッシュはフンババと戦って殺します。殺すことによって森を切る権利を得ます。

彼がなぜ森を切りたかったかというと、じつはそれで自分の都をつくりたかったからなのです。すなわち進歩思想、都市の思想です。都市をつくるためには、材木が必要だったから、そういう権利を手に入れた。それがシュメール文明の滅亡の始まりでした。

そういう形を何度も繰り返してきた挙げ句の果てが、いまの中近東のありさまです。たとえば小アジアがそうですが、ギリシャ時代にはトルコの沿岸にいくつも有名な町がありました。いま、そういった町がどこにあるかというと、内陸に五キロも入ったところにあります。なんで港町だったのが、内陸五キロも奥に入ってしまったのか。森の木を切ってしまったからです。川が土砂を運んできて、海岸がどんどん浅くなって陸地が広がっただけのことです。そして土が流れていった奥地は、荒れ地に変わった。当時の都市のエネルギーはすべて木材だから、木を燃料にしてこのような結果になった。

森林は都市化したところでは急速に消えていきます。現在の都市文明は、幸か不幸か、石油に頼っているため、本来は森を削らずに都市ができるはずです。

日本の場合ですと、土地自体を人工的につくるということを、江戸から始めています。現在の東京の下町は、ご存じのように埋め立てでできていきました。同じ人工的な表現であっても、地盤まで自分たちでつくらないと気がすまない、というところまで都市化が進んでいる。

戦後の日本は都市化のひとことで表現できます。それは全国的な現象でした。私が子どもだった頃、日本中の町に銀座ができました。皆、自分の町は田舎ではないと主張した。先日テレビを見ていたら、トカラ列島のある島が出ていました。住民は四〇人。各家に大きなフリーザーがあって、その中に冷凍食品がたくさん入っている。日本がいかに都会化したかということは、日本が完全に輸出入に頼る国になっていることからもわかります。物流が止まったらどうなるかという人がいますが、物流に完全に依存している地域はどこかといえば、それは都市です。都市はものを生産しない。ものを入れて、付加価値をつけて、外に出す。ですから物流が止まったらアウトです。

日本全体が都市化したのは、そういうハードの面からも明らかです。日本全体が都市化したことを、私たちは「近代化」とか「民主化」とか「進歩」といってきました。そういうふうな言葉でいうと、何がなんだかわからなくなるので、私は「脳化」といったわけです。われわれが住んでいる世界は、意識の世界ですよという意味です。

皆さんは、その世界の中ではものごとは思い通りになると思っておられる。どんなことでも管理しようとします。内閣官房は、危機管理委員会というものまでつくった。危機管理をどうするかということを考える委員会ですが、危機というのは、どうもしようがないから危機なのであって、それを管理できたら危機ではなくなる。これがいかに無限に続くかわかりません。

現代人、都会人の大きな特徴は、どんなことでも自分の思い通りになる世界をつくろうとすることです。日本の歴史を見ても、平清盛《たいらのきよもり》が福原《ふくはら》という都市をつくった。平清盛が扇子《せんす》で太陽を呼び戻そうとする話がありますが、都市的なセンスというのは、すべて自分の思い通りになる世界をつくろうとする感覚だということです。

そこからはじかれてくるのが自然です。脳は、「自然は現実ではない」というふうに現在では認めています。

自然が現実でなくなった結果、「現実」とは、皆さんの頭の中にあって、皆さんの脳の出力に影響を与えるものだけになります。このような意味で自然が「現実」ではないので、雑木林を見たら空き地だと思う。そこに生《は》えている木、草などの植物、それに依存して生きている動物は「現実」ではないわけです。

それを価値観と考える人もいる。私にとって価値観というのは、基本的にそれを現実として認めるか否《いな》かということです。ないものについて価値を認めることはできないから、見たときに目に入らなければ、価値がそこに生まれるわけがない。したがって、非常に多くの都市の住民は、自然は存在していないと考え、その価値を認めていません。

子どもの地位

そういう状況が進むと、社会の中では、あるはっきりした現象が起こってきます。それは女性と子どもに起こります。都市型社会が成立したときに、女・子どもがある意味で差別されるのはよくおわかりかと思います。進歩した社会では、女・子どもが差別される。清朝《しんちょう》の中国に纏足《てんそく》という習慣がありました。纏足をするのは、都会の貴族、お金持ちの女性だけでした。農民の女性は纏足すると働けないからやらない。

意識の世界では、自然は現実ではありませんから、自然性を抱えている女性と子どもは、基本的に価値が下がってきます。女性には月経、妊娠、出産があり、これは自然であり、隠せない。

ブータンの農村では、娘さんが家を継ぎます。では、旦那《だんな》は何をしているかというと、いちおうその家にいて畑で働いている。夫婦ゲンカはしばしば大ゲンカになり、そうなると、若い旦那のほうが一本棒の先に風呂敷《ふろしき》を結びつけて家出をする。

男はウロウロして拾ってくれる人を待っていればいい。土地と財産を持っているのは女性です。ですから、あの国は夜這《よば》いの盛んなところで、夕方になると友だちはどこかに行ってしまう。どこに行くのかと聞くと、言葉を濁《にご》しながら「知り合いのところに行くのだ」という。よく考えたら、あれは夜這いです。農村ですから、一家に一〇人くらい子どもがいる。子どもたちは、顔が似ているもの同士で二つか三つのグループに分かれている。

日本の過去の社会は、まさにこうでした。だが、いまは日本の子どもたちの地位が劇的に下がっています。

現代の日本のお母さん方は、とても子どもを大事にしています。しかし、じつは大事にしていないということを私はいいたいのです。

まず第一に、出生率が年々下がっている。子どもを持ちたくないという人が増えている。なぜ持ちたくないかというと、子どもはコントロールできないからです。働いているお母さんが、明日会社で大事な会議があってどうしても出なければならないというときに、子どもは勝手に麻疹《はしか》になる。お母さんは困ってしまい、こんなことなら子どもなんか持たないほうがいいと考えるようになります。

ですから、都市化が進むと当然のことながら出生率が下がります。すなわち自然の価値が下がるのです。

小学生が集団登校しているのを見て、私は愕然《がくぜん》としました。集団登校というのは、私が小学生のときに始まりました。空襲があり、警戒警報が鳴ると、その間は子どもたちは近所の広場に集められ、警戒警報が解除されるまで待たされました。それが終わると上級生が引率《いんそつ》して集団で登校した。これが始まりではないかと思います。

ところが、いまの子どもは平和時なのに集団登校をしている。交通事故があったり、誘拐《ゆうかい》があったりして危《あぶ》ないからだと警察は理屈をつけていますが、私はそうじゃないと思う。それは子どもを管理しているということです。

別な例を申しあげましょう。だいぶ前、鎌倉が革新市政になったときに、とても立派な市役所をつくりました。その敷地が私の卒業した小学校と繋がっていた。そこに小さな池があったのを、市役所をつくるときに潰《つぶ》してしまった。このとき、私は思いました。ああ、日本の国は子どものものを削って大人のものをつくるようになったなと。

死についての免疫

私の父方の祖母には、一二人の子どもがいました。祖母が死んだとき葬式に参列できた子どもは四人でした。北陸の出身で、家に結核患者が出て、八人死んでいます。祖母にとって子どもが死ぬことは当たり前のことだった。ですから、祖母は、子どもを亡くした人の葬式に行ってどういう振る舞いをするか、どういう言葉をかけるかに困ることはなかったと思います。しかし、いま、とくに若いお母さんは、子どもを亡くされたお葬式に行ったときに、どういう顔をして、どういう言葉をかけてあげればいいかわからない。なぜなら自分で子どもを亡くした経験がないからです。

人間は、平和で安全な社会をつくっていくと、おもしろいことが起こります。理解できないことが起こります。その一例が、子どもが死ぬということは、本当の意味でどういうことなのかわからない。

「死ぬ」という言葉は、いま広く使われています。試験を前にした子どもが、試験があるから自殺するとか、体育祭があるから自殺するなどという投書があって、学校側は大慌《おおあわ》てで取りやめたという新聞記事がありました。学校側の本音《ほんね》としては「勝手に死ね」といいたいところでしょうが、校長の立場としては、それはいえない。

あれはどういう現象なのか。私はよくわかるような気がします。なぜかというと、私は四歳のときに結核で父を亡くしています。結核ですから、家で療養して家で寝ていた。家族が家で亡くなるということは、子どもにとって案外重要なことです。父親が療養しているところから始まって、死ぬときまでとてもよく覚えており、私の記憶自体がそういうところから始まっています。

父の死の前後の記憶は、はっきりと残っています。家庭全体が、ある種の緊張状態にあって、お医者さんを呼んだり、母が一喜《いっき》一憂《いちゆう》したり、ある意味で日常性が乱されていく。お葬式のとき、焼き場に行ってお骨《こつ》を拾ったのを、よく覚えています。

その同じ火葬場に、一九九五年に母が亡くなったとき行きました。そのとき、子どものときと同じ風景を見て、自分がいかによく覚えているかに気がつきました。子どもは大人のすることに何も参加していないのに、家の中の雰囲気の変化というものをはっきりと感じとって、人の死の重さというものを、そういう形で無意識のうちに知っていくものです。

ところが、いまのお子さんはそれをまったく知らない。いま東京では九〇パーセント以上の方が病院で亡くなっている。それは、まさに異界《いかい》の出来事です。結界の外で起こるということですから、子どもにとって死がバーチャル・リアリティなのも当然です。したがって、死は十分に軽い。ですから、子どもはすぐ死にます。しかし、そういうものをつくりだしたのは、私たちの社会です。

子どもはよく麻疹にかかりますが、大人がこれにかかるとたいへんです。孤立した島に船が着く。麻疹をもってくる人がいる。そうすると島の大人が麻疹に感染する。なぜなら子どものときに麻疹をやっていないから。そういうときの死亡率は、現代であっても、だいたい八〇パーセント、九〇パーセントです。免疫《めんえき》がないときには、麻疹は非常に怖いということがわかります。

死についても、子どものうちに免疫が必要なのではないかと思います。

コントロールではなく手入れ

私たちは、都市の中から自然を排除するために、さまざまなことをやっています。私たちの文化の中で自然はどう扱われてきたか、それを端的《たんてき》にひとことでいう言葉があります。それは「手入れ」です。

自然は人間の意識によってではなく、それ自身の法則で動きます。自分自身の法則で勝手に変化するものを、人間がある程度意識的に手を加えることを、手入れといいます。田んぼを細かく区切るのは、山の上から湧き水を流してきて水を張るため。そのために水が流れないように畦《あぜ》をつくり、雑草が生えてきたら雑草を抜く。それが手入れです。日本の田んぼを写真に撮って賞をもらった外人のカメラマン、ジョニー・ハイマスという人がいますが、どこの世界の人が見ても日本の田園風景は美しい光景です。しかし、農民は、そういう美しい風景をつくろうとして田んぼの手入れをしているわけではありません。

里山《さとやま》の風景がそうなったのは、人間がしょっちゅう入っては茅《かや》を刈り、きのこを取り、枝をはらったからです。そうしているうちに、人間の力と自然の動きが一緒になって、ある平衡《へいこう》状態が生まれる。それが日本の里山風景です。

現代の子どもの育て方は、手入れの感覚ではないと思います。子どもは自然ですから、どっちの方向に走っていくかわからない。人為《じんい》と自然がある平衡状態に達することを望んで、手入れをしていい方向に持っていく。これが子どもの育て方です。しかし、いまのお母さん方は、子どもにこういう教育をすればこういうふうに育つだろうという予測をして、コントロールする。

やっていることと、結果が直結しないと気がすまない。予測と統御《とうぎょ》。「ああすればこうなる」という考え方で子どもを育てるのは、都市の特徴です。子どもは稲と同じで、冷害になったら、やっぱり育たない。手入れをするという感覚で、自然に対処しないといけない。

都会になると自然が現実ではなくなりますから、それに対処する仕方も変わる。それを案外わかっているのが女性です。女性には月経、妊娠、出産があるから、自分の身体からどうしても自然が抜けない。男は単純だから、女性が毎日化粧をするのは、男を惹《ひ》きつけるためなんだろうと思うわけですが、そうではありません。肌は自然ですから、女性はその自然に手を加えているのです。そういう手入れの感覚を、女性は明らかに持っています。その手入れが行きすぎて、整形手術に走る人もいるようですが。

そういった自然に対処する感覚を、われわれの文化はとうに失ってきているのではないか。以前広島に行ったとき、山の松がずいぶん枯れていました。地元の人たちは、中国から酸性雨《さんせいう》が来て公害なんだといっている。

でも、東京に住んでいる方はおわかりのように、二重橋の松は都会の真ん中にあって車の排気ガスをしょっちゅう浴びているのに、枯れていません。しょっちゅう手入れしているので、青々としています。

里山の手入れをしなくなったのが、松が枯れる原因です。松は乾いたところを好みます。手入れを怠《おこた》ると、まず地面に雑草が生え、地面が湿気《しけ》てかびが生える。戦争直後に、鎌倉の松は全部枯れました。戦争中に人手がなくなって、手入れをしなくなったからです。そそっかしい人は、松食い虫が原因で枯れたというが、松食い虫だって長年松に依存してきた昆虫《こんちゅう》だから、自分が依存してきた植物を根絶《ねだ》やしにするようなバカなことはしない。手入れしなくなって弱った木に松食い虫がつくのです。

ユダヤ人のアイデンティティ

歴史的に見て、都市社会は中近東からと申しあげましたが、もう少しグローバルに見ていくとどうなるか。まず地中海沿岸です。ヨーロッパでは、地中海沿岸がいちばん古くから都市文明をつくりはじめたところです。これをヘレニズム文明といい、その典型的な大都市がローマとコンスタンチノープルです。それ以前にはエジプトがありました。エジプトはおそらく中近東に入れてもいいと思いますが、こういったところにまず都市文明が成立した。東に行くとインドがあります。そしてその向こうに中国。いずれも都市文明としては非常に古い。

宗教に注目すると、中近東の古い住民で、いまだにアイデンティティを保って生き残っているグループが一つあります。それはユダヤ人です。ユダヤ人は、基本的に商人、手工業者、芸術家、学者、音楽家であり、つまり都会人です。

ユダヤの歴史の中に、「バビロンの捕囚《ほしゅう》」という時代があります。モーゼはエジプトに囚《とら》われていました。「十戒《じっかい》」という映画がありましたが、モーゼが率《ひき》いていた人たちもエジプトの農民ではなく、当時のエジプトの都市にいたわけです。バビロンは都市です。ユダヤ人は、バビロンという都市に囚われた都市の民だったのです。

何千年もの間、彼らはどうやって自分たちのアイデンティティを保ち得たのか。その秘密はユダヤ教にあります。ユダヤ教は、ご存じのように唯一《ゆいいつ》絶対神の宗教です。なぜ唯一絶対神のような、厳しい、論理的に徹底的に詰める宗教を持つのか。都会の人間は「君子豹変《くんしひょうへん》す」る。こんなに当てにならない人たちはいないわけです。そういうところでアイデンティティを徹底的に保つには、非常に強いイデオロギーが必要になる。それが、唯一絶対神の宗教だったと私は思います。

そのユダヤ教が、別の形でヘレニズム文明の中に広がった。それがキリスト教です。ですから、キリスト教も、唯一神の宗教です。これがヘレニズム文明の中に広がっていったところが、コンスタンチノープルやローマといった大都市です。ですからこれは都市宗教です。キリスト教にせよ、ユダヤ教にせよ、典型的な都市宗教であって、イスラム教はその分かれです。

古代ヘレニズム文明の中に成立したキリスト教が、先ほど述べた魔物の世界、つまり自然の中に住んでいるゲルマン人の世界に、もう一度広がったのが中世です。そのときに、キリスト教はいわば仏教化しました。あるいは、先祖返りした。自然宗教に近づいたのです。

それが修道院の生活であり、アッシジの聖フランチェスコです。彼は、汚《きたな》いかっこうをしていた。鳥と話ができた。彼らカプチン派（フランチェスコ会から派生した修道会）の信徒は、粗末な衣服に荒縄のベルトをし、靴を履かずにサンダルを履いていて、なんとなく仏教の乞食坊主といった感じです。

それは当然のことで、中世のヨーロッパつまり自然の世界の中に、キリスト教がもう一度広まって、そして今度はそのゲルマン人が集まって都会をつくるようになったのが、中世のヨーロッパの都市です。それがパリであり、フランクフルトです。城郭をめぐらし、そこに商工業者と貴族が集まって町をつくった。そこでキリスト教がもう一度先祖返りしたのが、プロテスタントで、プロテスタントのほうが、ある意味ではカトリックよりはるかに厳しい。彼らは、都市でユダヤ教に先祖返りしたからです。アメリカが典型的な都市文明をつくったのも、プロテスタントで、都市の宗教に戻っていったからです。

では仏教はどうか。以前ベトナムに行きましたが、ああいうところに行くと、つくづく仏教の分布を思います。アジアの地図を広げてみると、仏教が生きているのは、モンゴル、チベット、ブータン、ネパール、ミャンマー（ビルマ）、カンボジア、ベトナム、スリランカ、日本。どこもインド、中国の完全な周縁地帯です。都市文明の中では、仏教はなくなってしまう。日本のお寺は山の中にありますが、仏教は、自然と文化が一致して生き残ってきたことがなんとなくわかってくる。そういう意味でいうと、私は完全な仏教徒であって、ユダヤ教徒やキリスト教徒ではありません。

実際に仏教圏を旅行してみると、安全です。インドネシアよりはタイのほうが安全。それは宗教が関係しています。そういう意味で、仏教は他の宗教とちょっと違うような気がします。

中国をめぐる日本人の誤解

中国はどうかというと、ここは儒教《じゅきょう》の世界です。儒教ほどはっきりしたものはありません。中国の春秋《しゅんじゅう》時代に、諸子百家《しょしひゃっか》の時代があった。いろいろな説を唱《とな》えた学者が、たくさん輩出《はいしゅつ》した時代です。この頃は、まだ自然が存在していました。

その後しばらくして、急速に都市化します。都市国家が林立して互いに争い、戦国時代に入る。この頃に典型的な城郭都市が出現します。都市の中に約二割の人が住み、八割の人がその外に住む。こういう時代が、その後一〇〇〇年以上続きます。この都市国家の中で成立する思想が、『論語《ろんご》』です。

あらためて『論語』を読むと、いろいろなことがわかります。そこには、自然のことはひとことも書いていない。私は、さんざん探して、一ヵ所だけ自然に言及《げんきゅう》しているのを見つけました。それは、孔子《こうし》が「詩を読みなさい」と勧めているところです。

勧めている理由として、詩を読めば動植物の名前を覚えるからといっている。ということは、すでに動植物の名前がわからなくなった人間相手に、孔子が説教していたということです。そういう見方で読んでいくと、従来解釈されてきた唱句が、別な意味で読めてきます。

「子（孔子のこと）、怪力乱神《かいりきらんしん》を語らず」といっています。弟子が、雷《かみなり》はなぜ鳴るかと質問しても、たぶん孔子は答えてくれない。孔子は徹底的に自然について語りません。

人間の抱えている最大の自然は、生老病死《しょうろうびょうし》です。仏教でいう四苦《しく》（生まれてくることが苦である。年をとることは苦である。病《やまい》は苦である。死ぬことは苦である）。

弟子の季路《きろ》が「死とはなんですか」と孔子に聞いても、孔子は「いまだ生を知らず、いずくんぞ死を知らん」（私はまだ生というものさえわからないのに、なんで死がわかろうか）と有名な回答をしています。

また、孔子は「女子と小人は養い難《がた》し」と答えています。ずいぶん極端な言い方ですが、それくらいはっきりしているのが、都市の論理です。

そう見てくると、毛沢東《もうたくとう》のいった言葉がはっきりわかります。彼は、批林批孔《ひりんぴこう》キャンペーンをはって、都会の青年たちを農村に連れていって働かせる、下放《かほう》という政策をとりました。批林の「林」は当時の政敵の林彪《りんぴょう》のことですが、「孔」は孔子です。林彪も都市育ちで、農村のことはわからないと毛沢東は思ったのです。いずれも反都市のキャンペーンです。毛沢東は農村の出身です。

中国を考えるときに、日本人は都市として考えますが、中国には文盲が多かった。お百姓をやっていれば文字はいりませんが、都市の人間の生活はコミュニケーションが中心ですから、文字が使えないとどうしようもない。中国から発信される文字情報は都市の情報です。日本人は、おそらく一〇〇〇年ぐらいの間、中国を都市の文化と誤解してきました。

戦争中は、日本陸軍がその誤解をちゃんと実行していました。日本軍は、中国の都市を道路という線で結んで占領して、それを繋げていくと中国を征服できると考えました。実際は膨大《ぼうだい》な面であるのに。戦後五〇年以上たって、日本人がいまでも誤解しているなあと私が思うのは、中国を都市だと思っていることです。

中国の都市に住んでいる人たちは二、三割の少数で、七、八割の人は農村に住んでいます。だから中国がわからない。七割、八割の人間が黙っている社会を外からどう判断しているかがわかるだけです。実際は中国人を少しも理解していません。

逆にいうと、儒教が二〇〇〇年以上続いていることからわかるように、中国人は、ある意味では都市の人間として、日本人よりはるかに洗練《せんれん》されています。その面では、日本人は田舎者で、遅れてきた都会人だといえます。世界史の中でまともに都市が成立するのは江戸時代ですから、日本人の都市住民としての経験は、せいぜい四〇〇年にすぎません。一方、中国は二〇〇〇年です。

遅れてきた都市文明は、ほかにはどこにあるか。現在、高度先進社会といわれている三つの地域がそれです。日本のほかには、一つは西ヨーロッパ、一つは北アメリカです。西ヨーロッパは、ゲルマン人が住んでいた森で、その森は中世から一九世紀までの間にやっと削り終わった。自然が切れて人間の都市だけが残り、そのまわりにその都市を維持するかすかすの生産力が残っているという状況です。アメリカは建国二〇〇年です。

中国人は、韓国人も同じですが、先祖代々から伝わる形での蒲焼《かばや》き屋はしない。親父が自分で鰻《うなぎ》を捕まえてきて、裂いて焼いてお客に出すのは日本人のやり方です。中国人は、それをやって成功すると、必ずオフィスに入って、実作業は人を雇ってやらせます。

こんなジョークがあります。中国人が物理をやると、実験物理はやらないで、いきなり理論物理をやる。なぜかというと、手足を使うのは大人《たいじん》のやることではないから。インドもそうです。カーストが決めていることで、鉛筆しかさわってはいけない。古い都市の思想が生きているのです。

ハエさえつくれない人間の錯覚

キリスト教、イスラム教、ユダヤ教の大きな特徴は、人格神にあります。その人格神は創造主ですから、この世界を見るときに、自然を人間のつくったものと同じように考える。そこに西洋の科学が発達した一つの要因があります。ニュートンは、自分が発見した法則は、神がつくった法則だと考えています。

日本人だと、自然の中には非常にややこしいルールがあるかもしれないが、そんなことわからんというわけです。つまり、世界を誰かの人格がつくりだしたとは思っていないからです。われわれは、そういった自然の法則に対する確信がないので、確信がないものを探そうとしても宝探しと同じです。神も人間がつくったものです。

神というものはどういうものか。唯一神、つまりキリスト教徒が信じている神がいちばんわかりやすい。創造主、全智全能、あまねく遍在する。それが神だというわけです。

そういうことを定義づけしていくためには、人間に置き換えてみるとたいへんわかりやすい。たとえば、ある子どもの遺伝子を操作して、現在の私たちが持っている脳よりもっと大きな脳をつくるとします。それは物理的にでもかまいません。

そしてその脳がちゃんと機能して、少なくともわれわれが考えることはすべて考え、感じることはすべて感じ、さらにそれ以外にプラスアルファを持っていて、われわれより余分に考え、余分に感じるとする。そういう脳をつくりだしたときに、われわれは、それをどう考えるだろうか。それは神の定義に一致します。

われわれは、自分たちの世界を把握して、いろんなことを考えます。それを先回りして全部考え、つまりあなたが何を考え、何を感じているか、それをすべて相手がわかってくれるという、そういう人を仮につくったとする。そうすると、現代人の役割は失われます。

先行きのことは、皆その人に考えてもらう。「あなた、やってくれ」「理解してほしい」と。それを神と呼ぶかどうかは勝手です。

神は人間がつくったものですけれど、じつは、人間はそうやって意識の中に構築したものを必ず外につくるという習性があります。

カメラは実際に発明される二五〇年前の小説に書かれているし、空を飛びたいと思って、レオナルド・ダ・ヴィンチの時代から一生懸命飛行機をつくっている。この前、京都の鞍馬《くらま》でハンググライダーの飛ぶのを見ましたが、あれをレオナルド・ダ・ヴィンチが見たらものすごく喜んだでしょう。

そういうふうに、頭で考えたものを外に実現していく。遠くの人と話したいと思えば電話をつくり、一つ一つ実現していく。人間は、頭の中でつくりだしたものを、外につくりだす。

人類の社会がいちばん古くから考えてきたもの、例外なく考えてきたのが神でした。ということは、われわれはそれをいずれつくるだろう。これが私の予測です。その神は、いま私がいったような形で定義できるだろうということです。

ここで申しあげてきた話は、人間を改造するという話です。外側に人間の脳と同じような大きさのもの、あるいはそれ以上のものをつくるのと、現在の人間の遺伝子をいじって、もう少しましな人間をつくるのと、どっちがコストが安いか。

コンピュータを進歩させていって、技術的に人間の能力以上のものをつくろうとすると、おそらくコスト的に破綻《はたん》すると思います。人間の脳程度のコンピュータをつくりたいというのであれば、この世界に六〇億人分もあるものを、なんでわざわざつくらなければならないのか、という問題があります。

ご存じのように、人間は大腸菌一つつくれません。技術が進んだというのは、私は錯覚《さっかく》だと思います。月ロケットのときも、あんな大きなブリキの筒《つつ》が飛んだのでびっくりしましたが、飛ぶだけならハエでもできる。悔《くや》しかったらハエでもつくれといいたいのですが、ハエさえもつくれません。

戦争したいならテレビゲームの中で

おもしろいなと思うのはマスメディアです。歴史を振り返ったとき、何を思いだすかというと、ピラミッド、『旧約聖書』、あるいは秦《しん》の始皇帝《しこうてい》です。ご存じの通り、秦の始皇帝は焚書坑儒《ふんしょこうじゅ》、つまり儒者《じゅしゃ》の書いた本を燃やし、儒者を生き埋めにした。その代わり何をしたかというと、万里《ばんり》の長城《ちょうじょう》を大増築し、阿房宮《あぼうきゅう》という大建築物を手がけた。どうも人間はそういったハードで表現しないと気がすまない。そういう文化がある一方、本という形で小さく情報をまとめて形にするという文化もあります。

人間には、両方の性質があります。エジプト人は、ピラミッドとかスフィンクスとか、とんでもないものをつくって表現しました。ユダヤ人は何をしたかというと『旧約聖書』を一冊つくりました。

マルチメディアは、技術ではなく表現です。マルチメディアを進めていただくのはおおいに結構だと思います。新宿の高層ビルや都庁を建てるより、マルチメディアに金をつぎこんだほうがいい。都庁では、日本が食糧難になったらカボチャも植えられない。マルチメディアなら、ともかくそういう害はない。

人間が、自分の思うようになる意識の世界をつくりたいのであれば、マルチメディアの中にそういうものを組んでいくのは害はない。戦争したいのであれば、テレビゲームの中でやってくれということです。どうしても、人間が本性として、戦争のようなものを避けられない動物なら、バーチャル・リアリティの世界で、コンピュータの中で、戦争をやってくれと。ソフトでつくる表現が、書籍からさらに離陸していってマルチメディアになるということは、明らかに技術の進歩です。

都市は、物的な、さまざまなハードウェアでつくられています。ハードでつくられる表現と、ソフトでつくられる表現は、人間の中でどこかで相反する面があります。ピラミッドをつくったエジプト人は、立派な文章は残さなかった。ユダヤ人は、ピラミッドはつくらなかったが、彼らがつくった『旧約聖書』はいままで生き残っている。そういう意味でも、新宿の都庁よりはマルチメディアのほうがいい。ソフトのほうがいいのではないかと私は思います。

考えてみますと、私などは完全に時代遅れです。というのも、私のいちばん適応しやすい社会はブータンですから。私は、一〇〇〇年ぐらい遡《さかのぼ》らないと日本に復帰できそうにありません。いまや日本は、完全に都市社会ですから、私が盆暮れに帰るところは、まさにブータン、タイ、ベトナムです。

そういうところに行くと、子どものときに自分が育った状況が目の前に存在して、じつに居心地がいい。ベトナムに行ったとき、ある山のてっぺんがチョウだらけでした。チョウの道というのですが、チョウがあんまり多いと、その道が目で見えるわけです。人工衛星で海を見ていると、同じ航路に走っている船があんまり多いと道に見えるのと同じです。

私の小さい頃は、トンボがたくさんいました。顔にぶつかってくるほどでした。昔、モースが中禅寺湖《ちゅうぜんじこ》に行って「トンボが顔にぶつかってくる」と書いています。いま、中禅寺湖に行ってもそれほどの量のトンボはいない。

そういうふうに考えると、戦後をひとことでいうと「都市化」です。都市化というのは意識化です。脳の中に私たちが持っている、ある特定の機能を非常に重視した人たちがつくった。

それは独特かというと、そんなことはない。地中海、エジプト、中国。人間がとっくに昔からやっていることで、高度成長、バブルだといっても、結局後を追いかけているだけです。やり方が違うものだから、つまり技術が発展しているものだから、ある意味で形よく見えるのですが、本質的に人間社会は同じことを繰り返しているだけです。

これをこのまま続けていくと、おそらく日本は、都市化の行き着くところまで行く以外にない。私は世界をそんなふうに見ています。若い方には、自然を手入れするという感覚はほとんどないからです。

「日本人」の生き方

死ぬ人が変わってきた

私は大学の医学部で解剖学を教えています。解剖というと、皆さん、妙なものだと思われるかもしれません。普通の仕事といちばん違うのはどこかというと、相手が変わらないということです。そのことには、案外自分でも気がつかないでやっていましたが、いまになるとそんな気がします。

亡くなった方だから処置をする。ちゃんと処置をすると、死体というのは一〇〇〇年でも二〇〇〇年でももつわけです。皆さんご存じのように、最近中国から埋葬されたものが出ましたが、二〇〇〇年近い年月がたっています。いまの技術ですと、そのくらいのことは楽にできる。いくらでももつ。私の仕事は、こういうものを自分の手でいじる仕事です。

これが臨床《りんしょう》のお医者さんなら、相手は患者さんですから「きょうは熱がある」とか「咳《せき》が出る」とかいうわけです。二、三日たつと、熱が高くなったり下がったりする。つまり相手が変わってくる。しかし私の場合、相手はいっさい変わらない。そのことを、学生に「きのうも死んでいた。きょうも死んでいる。あしたも死んでいるだろう」といっています。もし、ここに何か変わりが出たならば、それは私がやったことなのです。きょうは腕が取れている。これは私が取ったのです。そうしなければ、何事も起こらない世界です。

「どうして解剖なんかやっているのだ」とよく聞かれます。解剖学と対立するものに、生理学というものがあって、これは生きていく働きを観察するものです。私は、生理学はわりあい得意でした。それなのにどうして生理学をやらなかったのか。生理学をやっている人と夕食を食べていると、途中でがばっと立ちあがって「猫が死んでしまう」というのです。実験で猫を使っているからです。そうすると、途中で食事をやめてすっ飛んでいかなければならない。あるいは、「きょうは徹夜だ」とよくいいます。どうして徹夜かというと、猫が死ぬまで実験するからなのです。

私は、そういう仕事は忙しくて嫌《いや》なのです。解剖だと途中で休んで食事に行っても、いっさいそのままです。食事に行ってそのまま家に帰ってしまっても、次の日に行くと前日の通りになっています。それで、これは怠《なま》け者には向いている仕事だと思ったのです。

ところが、それが非常に甘かったということに何十年かたって気がつきました。相手がいっさい変わりませんから、すべてのことを私がやります。中から神経が出てきて、血管が出てきてと、いろいろなものが出てくる。それを見ながらものを考えるのも私です。私がやらなければ、すべての作業がいっさい動かない。死体の状況も、すべて私が変化させていかなければなりません。世間の中で生きていると、世間というのは勝手に動きます。自分と関係なしに動いていく。多くの方は、案外、そういった外側の変化からものを考えたり、それに対処するということで一生が過ぎているのではないか、という気がします。

解剖という作業は、私がやらない限り、そこからはいっさい何も出てこない。それを何十年か続けた結果、嫌でもものを考えさせられる習慣がつきました。私がやらない限りいっさい動かない世界というのは、考えてみると、ほかにはあまりないのではないかと思うのです。

そういう目で見ると、世間の人は案外怠けているなと思ってしまいます。怠けているというのは、つまり日常起こっていることに対応するのに、精いっぱいということです。忙しい方はよくそういうふうにおっしゃるが、自分が扱っている対象が変化するものだからです。

私の場合は、対象がまったく変化しない。それを何十年かやって、だんだん気づかされたことがあります。亡くなった方というのは、死んだということを除けばごく普通の人ですから、遺族もあるし、その方を取り巻いていたさまざまな人間の思いがある。そういう面で、死者のあり方が、年とともに変わってきているのに気づきました。

まず第一に、死ぬ人が変わってきました。たとえば、解剖している相手が、がりがりにやせている人か、ぱんぱんに太っている人のどちらかになります。どういうことかというと、脳卒中《のうそっちゅう》や心筋梗塞《しんきんこうそく》で亡くなる方というのは、だいたい太り過ぎですから、解剖してみると内臓に脂肪がたまっている。一方、隣の机にはがりがりにやせた人がいる。これはさまざまな難病の末期で、医療を尽くした結果亡くなったわけですから、よく生きていたという状態です。亡くなった方がそういう両極端に分化しています。

ついで大きく変わってきたのは、そういう方の扱いです。世の中変わってきたなと思います。いまの例のがりがりにやせている方は、結局病院で亡くなっている。昔は自宅で死ぬのが常識だったものが、いまでは病院で死ぬのが常識となりました。九割以上の方が病院で亡くなっています。これは、日常生活から死が消えていったということです。日常生活から死が消えたものですから、一般の方に私が聞かれることが変わってきました。「解剖をやっていると、先生なんかは人間がものに見えるでしょうね」といわれるのです。

そのような考え方の変化をなんとなく感じ取って、私なりに戦後の日本がどのような変化をしてきたかを考えてみました。その結果、出てきた結論は、戦後の日本は、都市化したのではないかということでした。こういう都市論をやる方は、じつは案外いないのです。都市論をやる方というのは、できあがった都市を見ているからです。

地面を嫌う人

戦後の日本というものを短くいうと、いろいろな言い方ができます。「民主化である」とおっしゃる方もいるでしょうし、「軍国主義が消えた」とおっしゃる方もいる。「平和と民主主義」というのがいちばん普通の言い方かもしれません。では、皆さんの日常生活と平和と民主主義は、いったいどういう関係があるのかというと、あまり関係がないのではないかという気がします。「車が入って、テレビが入って、云々《うんぬん》」ということのほうが、日常生活に大きな影響があるのではないか。車にせよ洗濯機にせよ、新しい生活道具が入ってきた変化を「都市化」と考えたほうがいいのではないか。私はそう思います。

そうするといろいろなことがほどけてきます。都市化にともなって人の考え方は変わります。町はどこを歩いても人間のつくったものしかない。人間のつくったものしかないというのは、建物がそうであり、道路がそうです。町の人というのはたいへんおもしろいことに、地面を嫌うのです。もう、地面を嫌うとしかいいようがありません。

それは、東京の町をお歩きいただければ一目瞭然《いちもくりょうぜん》です。裸の地面がいっさいない。なぜ地面がないかというと、完全に舗装《ほそう》するからです。ではなぜ舗装するのかということを問い詰めると、おそらく車をお使いの方は車のためだ、とおっしゃると思いますが、それだけではないはずです。小学校のグラウンドまで、コンクリートにしているのですから。やっぱり地面が嫌になったからです。なぜ地面が嫌かというと、地面というものは人間がつくったものではなく、勝手にそこにあるものだからです。そういうものは、町の中ではなんとなく許せないのです。

その許せなさ加減が非常によく出ているのは、部屋の中に出てくるゴキブリです。あのゴキブリも人間がつくったものではない。あれが出てくると、ほとんどの人が錯乱します。じつはチンパンジーも、ああいうものを嫌う。人間やチンパンジーなどのような高等霊長類の遺伝子の中に、ゴキブリなどを嫌う性向があるのは確かなのですが、それにしてもちょっと嫌い方が激しい。あれも裸の地面と同じで、人の意識がつくらなかったものだからではないか、という気がします。

ゴキブリが出たら、私が死体を目にするときのように、一度じっとそれを見ながらお考えいただきたい。そうすると、なぜゴキブリがいけないのかという理由がよくわかると思います。

まず第一に、必然性が理解できない。つまり、この部屋のこの床の上に、なぜいま、ゴキブリが出てこなければいけないのかが、まずわからない。それから、もう一ついけないことに、出てきたゴキブリが、これから何をするつもりなのかわからない。どちらへ走るつもりか、それとも飛ぶつもりか、まったく予測がつかない。さらに、姿形がいけません。だいたい、部屋に合わない。昔の番傘《ばんがさ》みたいな色、油紙みたいな色をしている。人によっては「ペンキを塗ったみたいな色だ」ともいいます。この色は、きちんと内装している部屋には合いません。

さらに見ていると、からだがなんだか平たすぎる。あれがもう少し厚みがあれば一〇〇円くらいで売れるかもしれません。どうしてあんなに平べったいか、それがまたわからない。私たちが自然を見るときには、だいたいそういう見方をします。なんだかわからない。だから不気味だ。自然を見るとそう思うのです。

現在、日本全国で年間約一万人の方が交通事故で亡くなっています。しかし、年間一万人の人が車の事故で亡くなるからといって、車を不気味だという人は一人もいません。けれども、香港で猛威《もうい》を奮《ふる》っているインフルエンザのウィルスが原因で、年間に一万人の人が亡くなるようなことになったら、日本はパニック状態に陥《おちい》るでしょう。

では、インフルエンザと車ではどこが違うのかということになります。インフルエンザは私たちが意識的につくったものではありませんから、われわれは、それに何重かの重みをかけて嫌う。嫌なもの、不気味なもの、自分たちがコントロールできないものという、いわば典型的な原始的な心性を「自然」という対象に対して投げかけるのです。そういう嫌なものをいっさい消してしまっていく社会、世界が都市であると考えられます。ですから都市では、つくられているもの、置かれているものが、何のためにそこにあり、それが何をするためのものであるか、ということが誰でも理解できるようになっています。

「誰のせいだ」

次に起こってくるのは、その中に住む人々の態度の変化です。戦後の日本人で、いちばん目立つのは、何事も人のせいにする人間が出てきたことです。人間のつくったもので世界を埋め尽くしていけば、それだけが現実になっていく。その「現実」にないはずの不都合は、すべて人のせいにする。

たとえば、ジャワの山の中を歩いていていちばん怖いのは毒蛇《どくへび》です。この間新聞を読んでいたら、アメ横でマムシにかまれた人がいました。東京でマムシにかまれると、だいたい「誰があんなところにマムシを置いたのだ」ということになる。ジャワで青ハブにかまれても、それは当たり前。かまれたほうが運が悪いのだから、仕方がないということになります。

自然の中に暮らしているときに、不幸な出来事が起こると「それは仕方がない」となる。一方、都会の中で不幸な出来事が起こると「誰のせいだ」ということになる。溝《みぞ》に落っこちたら、誰かがその溝を掘ったのですから当然のことだが、やはり「誰かのせい」というのが都市です。

日本人が変化したのではなく、日本が都市に変わったのだ、というふうに考えると、そういう変化はたいへんよく理解できると思います。

私のところにいる研究生に神戸の方がいます。毎月何回か東京まで来ておられたのですが、震災《しんさい》があってからぱったり来なくなった。いろいろあったのだろうなと思って、こちらも心配をしていたのですが、ひと月たった頃はじめて出てこられました。その方のおっしゃったことは、いまでも忘れられません。

あれは早朝に起こった地震でしたが、その方は市内のビルを借りて会社をやっているので、目を覚ましてすぐに、そこへすっ飛んでいったそうです。外から見たビルは何事もなかったのでほっと安心をして、自分が借りているフロアに行った。かぎを開けて中に入っていったら、その瞬間に、かーっと頭に血がのぼったそうです。戸棚が全部倒れて、机の上が全部ぐちゃぐちゃになっていた。その方は非常に几帳面《きちょうめん》な方なのです。

彼がいうには、その瞬間に「誰がこんなことをしやがった」と、かーっと頭にきたということです。つまり、反射的に「誰がこんなことをしたのだ」と人のせいにしてしまったのです。私のところに来たのはそのひと月後なのですが、「まだ腹の虫がおさまらないんですよ、先生」といっていました。「こうなった以上は、天皇陛下にやめていただくほかしようがないですな」ともおっしゃっていました。

そこで私は、突然理解したような気がしたのです。ああ、なるほどと思いました。「天皇陛下」というふうに彼はいったのですが、イスラムであれば何事もアラーの思《おぼ》し召《め》しといいます。それはまさにこのことではないかと思いました。

専門家に伺《うかが》うと、イスラム教というのは都市の宗教だといいます。しかもイスラム教もユダヤ教もキリスト教もすべてそうですが、どの宗教も唯一絶対の人格神です。人格神ということは、じつは人です。やきもちもやけば、怒りもすれば、喜びもするのです。それは人と同じように感情を持った存在であり、しかも人と契約をします。ある意味では人と対等であるわけです。

ユダヤ人こそ都会人

いくら都市の住民であっても、長年文化を保持していれば、すべてを人のせいにするのはおかしい、ということに当然気づかざるを得ません。なぜなら、いま述べた神戸の震災のようなことが起こるからです。あるいは古い昔でしたら疫病《えきびょう》がはやる。そういったことは天災ですから、結局人のせいにはできません。

しかし、そうした都会人たちの心性、すなわち反射的に考えることは、やはり「誰のせいだ」ということです。そして、その行き場のない憤《いきどお》りを解消するいちばんいい方法は、何事も「アラーの神の思し召しだ」とすることです。人格神というものが生じるわけが、ある面で私なりに理解できたのです。

そう思ってみると、イスラム教、ユダヤ教、キリスト教は、まさしく都市の宗教ではないかという気がしてきます。ご存じのように、人類によってつくられたいちばん古い都市は中近東です。チグリス・ユーフラテス川のほとり、三大世界文明の発祥地《はっしょうち》として都市をつくった。その都市には、根本的に現在の東京と変わらない心性の人たちが住んでいた、とお考えいただければよろしいと思います。そして、やがてそれが地中海沿岸に広がります。さらに東へ行くとインドがあって、中国がある。いずれもたいへん古い都市文明の基盤があります。

こういうところに何か大きな特徴がないか、考えてみました。まずイスラム教が中近東に残っている。中でも古い宗教がユダヤ教です。ユダヤ教もまた、唯一絶対の人格神を持っていて「エホバ」といっています。ユダヤ人の歴史の中では、「バビロンの捕囚」という史実が残っています。バビロンというのは古代バビロニアの首都で、大英博物館に行けばある程度、当時のものが残っていますが、とんでもない昔の都市です。そこにユダヤ人がさらわれていって、帰ってきた話です。

もし日本人が捕まって、そういうところに連れていかれて暮らしてみたらどうなるでしょうか。たぶん、日本系のバビロニア人というものができて、そのうちに消えてしまうのではないかと思います。ところがユダヤ人は消えなかった。

ご存じのように、ユダヤ人という定義は人種的な定義ではありません。「ユダヤ教を奉ずる人たち」というのが定義です。だからバビロンに行っても消えてなくならない。消えてなくならないどころか、国に帰ってきます。モーゼも当時のエジプトの都市国家から戻ってきました。

ユダヤ人こそ典型的な都会人です。しかもそう考えると、ユダヤ人がやっている職業の意味も、よくわかってくるのです。本来、商人や金融業は、都市でなければ成り立ちません。

私は以前ブータンに行きましたが、ブータンでは現金経済なんてものはありません。すべてが農家ですから、それぞれの家が自給自足の単位になっています。基本的に世界中の農業はどこでも同じはずですが、日本の農家は特殊だということを専門家に聞いたことがあります。日本の農業は、早くから商品生産に切り替わった。つまり、農作物をつくってそれを売るのは、古い形の農家ではない。

ブータン辺りでは低いところでは米をつくり、高いところではそばをつくる。そういうところは日本とよく似ています。あとは野菜といえば唐がらしということになります。そして、どこの家にも必ず機織《はたお》りの道具がある。衣食住は、とにかく自分のところで間に合わせる、というのが農家です。ですから子どもが多くて、二〇人、三〇人が一家族で一単位になっている。そこでは現金経済なんて成り立っていない。現金が必要なのは、お寺でお祭りをするときの当番に当たった人だけです。

それに対して、ユダヤ人は商人であり、金融業者であり、芸術家であり、学者です。一般的にそういうものはすべて都市の民です。ユダヤ人は現在でも都市の民です。ご存じのように、ニューヨークはユダヤ人の町といわれています。ユダヤ人は、典型的な町の人です。「町の人」をおそらく五〇〇〇年くらい続けているのではないか、と私は思います。

ユダヤ教、キリスト教、イスラム教

ここで、都市の成立について、ちょっと整理をしておきます。日本で最初に都市がつくられてくるのは弥生時代だろうと思います。縄文《じょうもん》のものは都市とはいえず、集落のようなものです。吉野ケ里遺跡がどうして都市かというと、まわりに堀を掘っているからです。

まわりに堀を掘ったような形の特定の地域が、まさに私のいう都市、人工空間です。自分ではっきりと区画を決めて、「この中が町ですよ」と、こういうわけです。その中は、皆さんの頭の中です。つまり地面があってはいけないところです。

なんらかの意味で周囲に結界を張りめぐらして、「この中は特別の場所である」と宣言したのが都市であると思います。それはいまでも都市の伝統に残っている。たとえばヨーロッパの中世都市だと、都市にはそれぞれ守護聖人がいます。守護聖人がいるということは、誰かが守ってくれる特別の場所と考えていいと思います。

また、都市の中というのは意識だけの世界です。つまり自然のままのものは置かない。そういう都市が次に興《おこ》ってくるのは、ユダヤ教が地中海の古代ヘレニズム文明といわれている文明の中に入りこんでいったときでした。ご存じのように、古代ヘレニズムの大都市というのは、ローマとアレクサンドリアとコンスタンチノープルです。そういった古代ヘレニズムの大都市の中に発生したユダヤ教からできた新興宗教が、キリスト教なのです。

ですからユダヤ教とキリスト教は『旧約聖書』を共通に持っています。『新約聖書』を認めないのがユダヤ教であって、それを認めているのがキリスト教ということになります。そういった意味ではキリスト教もまた典型的な都市宗教で、古代ヘレニズムの都市の中に成立した宗教です。

ところが、ヘレニズム文明は滅びてしまいます。北方の蛮族《ばんぞく》、ゲルマン人の侵入によって滅ぼされてしまう。そのとき、わずかに生き残っていたローマ教会が、やがて中世にゲルマン人の中に勢力を広げていく。これがローマカトリックです。

そう考えると、ローマカトリックというものの位置がたいへんよく理解できると思います。

私は何年か前にチェコに行きました。そのときプラハの古い教会に行ったのですが、入ったときに真言宗《しんごんしゅう》のお寺に行ったのかと思ってしまった。金ぴかのお堂が全部すけていて、典型的な日本の古いお寺という感じでした。

イタリアでカトリック教会に行くとよくわかると思いますが、造作《ぞうさく》が決まっています。イタリアの教会には、ぼこぼこと穴が開いているような感じで、部屋がある。マリア様から始まって、いろいろな諸聖人がその中にいるのです。これを見ると、キリスト教がどうして一神教なのかと思ってしまう。

キリスト教が、つねにがちがちの一神教であったかというと、けっしてそうではありません。ヴェニスではサン・マルコが守護聖人で、サン・マルコのミイラがいまだに教会に飾ってあります。そうなると、とてもこれは一神教とは思えなくなる。マリア信仰も、専門家に聞くと、ゲルマン人の地母神《じぼしん》信仰が変換したものだそうです。

そういったことを、まとめていうとこうなります。ほんらい都市の中に発生した原始キリスト教が、ゲルマン人の社会の中に浸透していったときに、ローマカトリックが成立して、それが自然宗教化した。つまり、ある意味で、宗教は行ったり来たりするのですが、都市の宗教から自然宗教へと多少逆行していったという気がします。そしてその逆行していったものがローマカトリックと考えられます。

中世が進んでいくと、今度はゲルマン人自体が都市化をしてきます。それがルネッサンスです。ルネッサンスの都市の中に、ゲルマン人が改めて都市宗教としてのキリスト教をつくっていく。それがプロテスタントです。そして、そのプロテスタントが飛び火します。アメリカのファンダメンタリズムというのも新教です。これがアメリカという国をつくってきた。アメリカは、荒野の中に都市がぼこぼことできてくるという形を取ってきました。

これが私のユダヤ教、キリスト教、イスラム教の理解です。イスラム教は、最初から都市の宗教です。中世のヨーロッパがちょうどそういう変化の時期にあったとき、中近東ではイスラム教の王朝が盛んになって、壮大な都市をいくつもつくっています。

儒教の性格

気になるのは、インド、中国はどうなのかです。ご存じのようにインドにはカースト制度がありますが、この制度はおそらくお釈迦《しゃか》様の頃からあったのではないかと思われます。非常に特殊な世界であって、カースト制度そのものがインドの都市宗教といってもいいのかもしれません。ヒンズーはインドの宗教ですが、私はそこのところはあまり詳《くわ》しくありません。

中国に行くと、これはよくわかる。たくさんの都市国家が成立した時代があり、春秋戦国といっています。孔子が出たのもそういう時代でした。春秋戦国の中国はさまざまな都市国家の集合で、それを最初に完全に統一したのが秦の始皇帝です。

思想史でいうと、春秋戦国時代のいちばん有名な言葉は「諸子百家」です。そういう都市国家に分かれていたときには、さまざまな学者が出て、さまざまな意見があったということを中国人が表現する言葉です。おもしろいことに、秦の始皇帝が中国を統一して以降、漢代から先は中国の重要な思想が儒教に変わってくる。そしてその儒教が延々と現在に続いてくる。これを考えると、間違いなく中国の都市思想は儒教であるということがわかります。

日本では、中国の都市を儒教が導いてきた、と考えられていると思います。つまり儒教に対する偏見のようなものがありますが、私はそうは思っていません。思想もまた社会の中に根づくものです。適応できる土壌がなければ思想も根づかない。つまり諸子百家というたくさんの思想の中で、中国都市に適応した思想が儒教だけだった、というのが、私の結論です。

儒教は、基本的に都市の思想としての性格を備えています。それは『論語』を読むとよくわかります。『論語』の中には、まず第一に、意識がつくらなかったもの、すなわち自然への言及がありません。自然を扱わないことをもって、われわれは、それを儒教的合理主義と呼んでいます。

私たちが生まれて、年をとって、病を得て死ぬということには、意識はいっさいかかわっていません。それらは勝手に進行していく。皆さんは気がついたら生まれていたのであって、何月何日に生まれるつもりで、予定日をメモした手帳を持って生まれてきた人はいない。

気がついたら生まれていて、気がついたらいつのまにか年をとっていて、そしてどこかで病気になるのですが、なんの病気にかかるのかと聞かれても返事はできない。私も手帳に詳しく予定を書いていますが、私の告別式の日程はまだ入っていません。それはけっして日程にのらない。なぜなら、それは意識がどうしてもコントロールできないものだからです。

したがって、『論語』はそれについては何もいいません。お弟子さんが孔子に「先生、死とはなんですか」と聞くと、「我いまだ生を知らず。いずくんぞ死を知らん」というのです。これは「逃げた」のかというと、そうではない。それとまったく同じような言い方を、『論語』は別のところでしているからです。それが「怪力乱神を語らず」です。「怪力」というのは「怪しい力」、すなわち理性でわからないことです。「乱神」といったような不思議なこと、こういうものについて孔子は答えない。弟子が「先生、雷ってなんですか。どうして鳴るのですか」と聞いても、孔子は答えなかったということです。

人間のつくりださなかったものについて、儒教は決して返事をしません。儒教的合理主義の一つの根幹がこれです。そういうものにうっかり返事をすると、嘘《うそ》になってしまいます。逆にいうと、そのように自然と意識を画然と区別したところが、儒教の非常に利口なところです。ですから、「死とはなんですか」という質問に対しては、いまのように答えますが、「親の死に対しては三年喪《も》に服せ」ということは非常にはっきりといいます。三年喪に服すということは、自分の意識でできることだからです。儒教が、都市宗教であるゆえんです。

私は、『論語』を引っくり返して、孔子が自然についていっているところがないか探してみました。するとやはりあるのです。「詩を読みなさい」といっている。そしてその後に、理由をいっている。「詩を読めば、そこらへんの動植物の名前を覚えるようになる」と。これを読むと、孔子が説教していた相手が都会の人間で、そこらへんに生えている草の名前も、動物の名前もよく知らない人たちであるということがよくわかります。

そう考えてくると、日本の江戸時代のことがよく理解できます。葦《あし》が生《お》い茂る関東の田舎に、大都会をいきなりつくりあげる。そういうときに、取り入れた思想が儒教であったのは、必然だったかもしれません。江戸という都市のイデオロギーも、やはり儒教だったのです。

ベトナムの歴史を調べてみると、やはりまったく同じです。王朝が変わって都市をつくっていくときに、やはり儒教を取り入れた。中国の周辺の国で儒教を取り入れるのは、その国が都市化するときです。儒教は、都市の思想として、唯一中国が輸出したものです。

都会人の運命

ヨーロッパでも、ルネッサンスの頃に都市ができあがってくると、そこに活動する西洋人が土地の名前をつけるわけです。レオナルド・ダ・ヴィンチというのもそうです。ヴィンチ村というのはレオナルドが生まれたフィレンツェ近郊の小さな村で、あいつはヴィンチ村のレオナルドだということになります。つまり、土地の名前が、半分自分のアイデンティティになっているのです。

そのように、土地に張りついた人がいかに強いかという例が、成田の空港建設反対運動です。サラリーマンだったらあそこまで頑張れずに、途中でおりてしまうと思います。クライストの『ミヒャエル・コールハース』という小説をお読みの方はおわかりになると思う。これは領主に土地を取りあげられた中世のボヘミアの農民が、たった一人で反乱を起こして何十年か頑張るという小説です。人間というのは、土地にアイデンティティがあるときには非常に強いものです。

都会人の運命をよく示しているのが、第二次世界大戦中のナチスにおけるユダヤ人だと思います。私は第二次世界大戦中に小学校に通っていましたから、あの戦争のことは他人事《ひとごと》とは思えません。しかし、なんとも理解できなかったのは、なぜ三〇〇万のユダヤ人が黙って殺されたかということです。それもいまになるとよくわかる。都市の人間は、状況によっては一〇〇万でも二〇〇万でも黙って殺される人たちです。それくらい弱いものなのです。それに対して、農民を一〇〇万殺したらえらいことです。だからロシアを攻めにいくと負けるのです。ロシアというのは非常に古い国ですが、基本的にその国を背負っているのは農民ですから、そこへ軍隊が入っていっても、最後には追い返される。

　都市というのは、じつは土地のかわりにイデオロギーを持たないとアイデンティティがないのです。都会の住民は、非常に心もとないのだと私は思います。それで、世界中で都市宗教というものが成立し、伝統化していく。それがイデオロギーとして、それぞれの都市社会を支えているのではないか、という気がします。

　ひるがえって戦後の日本を考えると、非常におもしろい。戦後の日本というのは、イデオロギーなしに急速に都市化が進んだ最初の社会ではないかという気がするのです。そして、比較的ニュートラルな都市化をした。ですから日本全国どこに行っても町がないところがない、ということになったのです。イデオロギーがないから当たり前のことで、「こうやってはいけない、ああやってはいけない」ということが何もないからです。

これがイスラムだったら、羊の食べ方からしてうるさい。「こうやって殺した羊でなければ食べてはいけない」「豚なんか食べてはいけない」ということをいわれる。私の教室にいた留学生の頼んだチャーハンに、たまたま豚肉が入っていた。どうするかと思ったら、細切れになって入っている豚肉を全部はしで出していた。そういうものがある人は、都会でちゃんとやっていけるのです。じつは、私なんかは「都会の人間じゃないな」といつも思っています。

日本が戦後、イデオロギーなしの都市化をやってきたとなると、世界の常識を引っくり返してしまった稀有《けう》のケースということになります。

日本には古くに仏教が入ってきました。この仏教のご本家はインドで、日本に来る途中でお経になった。中国経由で来るから、お経は漢字で書いてある。では、中国もインドも立派な仏教国かと思うと、そうではない。お寺も中国には観光用の寺しかない。インドにもほとんどない。ところが、日本にはいまでもたくさんお寺があります。

日本のほか、モンゴル、チベット、ネパール、ブータン、スリランカ、ミャンマー（ビルマ）、タイ、カンボジア、ラオスというように、中国とインドという二大都市文明圏をぐるっと取り囲むように仏教が生き残っている。これはもう見事なものです。これらの国では仏教が自然宗教になってしまっています。

教育勅語は人生のマニュアル

日本は、儒教的イデオロギーを封建的と称して、戦後、徹底的につぶしました。ご存じのように戦後、教育勅語《ちょくご》が消えました。教育勅語は典型的な儒教思想ですが、たいへん日本的な儒教思想でした。台湾では小学校の校長先生はみんな日本人だったのですが、副校長は現地の人たちでした。その副校長たちが教育勅語を額に入れて飾って、「とうとう日本人もこういうことをいうようになった」と感心したという話があります。その教育勅語を、戦後つぶしました。

私は、教育勅語の現物を手に入れようとしたことがあります。だいたい覚えているのですが、漢字がむずかしいので、書いたものがないと引用が思うようにできないからです。探してみると、現物はなかなかない。百科事典で「教育勅語」と引くと、いついつできて云々ということは書いてあるのですが、中身については書かれていない。このように、日本は教育勅語の中身を戦後、徹底的に消してしまったのです。私がいま持っている教育勅語は、橿原神宮《かしはら》で五〇〇〇円で買ったものです。

教育勅語の中身を消したのですが、その精神は綿々といまも生きています。あれをつくったときの文部大臣は芳川顕正《よしかわあきまさ》という人ですが、教育勅語の中に入れなかったことが二つあるといいました。宗教と哲学です。

宗教と哲学を除いてつくられた勅語とは何かというと「マニュアル」です。まさに人生のマニュアルです。こういうものをつくるのは、自分で自分の生き方を考えるなということです。そのかわり、この通りやれということです。

日本は、教育勅語の中身そのもの、字面《じづら》をきれいに消してしまいました。しかし、教育勅語の精神は戦後脈々と生きていて、公教育ではいっさい宗教と哲学に触れない。これが日本の教育の特徴なのです。それについてはおそろしいくらい潔癖です。私は私立のカトリックの学校にいたのでよくわかっていますが、公立学校といちばん違うのはそこでした。

日本には自然宗教としての仏教が残ったのですが、戦後で急速に都市化してしまったものですから、仏教があわを食ってしまった。何が起こったかというと、いろいろな宗教が新たに出現してきた。それが創価学会であり、幸福の科学であり、オウム真理教であり、さまざまな新興宗教であると思います。そういうものを、ちょうどイスラム教とかキリスト教とかユダヤ教のように頼りにして、頼りない都市の人が生きようとするわけです。しかし、新興宗教というものは歴史がないので、どうしてももろい。どこかでぼろが出てしまいます。

私は学生に「宗教を信じるなら、なるべく古いものにしたほうがいい」といっています。長い間にいろいろなものを通り抜けてきた思想ですから、適応力が強い。キリスト教でも、カトリックとプロテスタントをくらべると、プロテスタントのほうが乱暴なことをいいます。

ご存じのようにアメリカはプロテスタントの国ですから、とんでもない宗派がいろいろ出てくる。いっては申しわけないのですが、モルモン教もエホバの証人も医者の間では評判が悪いものです。

日本は今後どうなるか

私が現在、いちばん興味を持っていることは、日本が今後どうなるかという問題です。つまり、イデオロギー抜きで都市の民というものが成り立つのかどうかということとです。

日本は戦後、しようがないから古い共同体を残してきました。それを企業なり官庁なりという組織にまでもっていった。その共同体に対して、いわばイデオロギー的な忠誠を尽くすことで、戦後の都市化をなんとか乗り切ってきたのではないかと思います。それが現在になってもうダメになりました。

会社が総会屋に利益提供を行っていて、それで捕まるのは総務部長、自殺するのは課長と、だいたい決まっています。まじめなサラリーマンです。しかしいまや、そんな会社に対する忠誠心だけではやっていけない世界になっていることは、はっきりしています。

なんらかのイデオロギーを持たないと、やはり人は弱いから、頼るものが必要になってきます。しかしそれがない。そして、そういうものなしで都市化を進めることができるかどうか、というのが、いま日本のやっている実験ではないかと思います。

この実験の過程で、妙なものがたくさんできてきています。地下鉄でサリンをまいたりする。あれはまったくわからない事件だ、といまでも思います。そういう人たちが、いかに頼りないかを、よく表しています。何を考えているのか、私にはわからない。

新聞に、何も聞きたくないといって目をつむっている麻原彰晃《あさはらしょうこう》のことが書いてありました。そういうものに、大勢のまともだと思われる人たちがついていってしまうのです。そのくらい都市の民というのは頼りないということを、皆さんも意識しておいたほうがいいかもしれません。三〇〇万のユダヤ人がなぜ黙って殺されるかというと、それは都市の民だからです。

ここでちょっと歴史的に見てみたいと思います。明治以降、都市化を急速に進めてきて、それを近代化とか西洋化とか、いろいろな言葉で呼んできましたが、ともかくやったことは都市化でした。ところが、都市はそれだけではけっして立ちゆきません。都市だけでは食っていけない。そのことは誰にもわかります。田舎が必要です。

日本人の心性をつくったもの

都市は、エネルギーを消費するところです。東京を見れば一目瞭然。エネルギー、つまり石油と原発を切ってしまったら東京はアウトになります。いまの東京という町は、三割が原発で七割が石油で維持されています。古代都市が維持されたのは森林のおかげでした。ですから、森がなくなると都市がちゃんとつぶれる。それだけのことなのです。

古代都市があった地中海沿岸、中近東、インド、中国を旅行されると、一目瞭然です。そういうところは、私は旅行しない。なぜかというと森がないからです。写真で見ても、これは昔森だったところのなれの果てだということがわかります。都市ができあがって、徹底的に森林資源を使い尽くしたからです。

日本はそこがちょっと違います。日本の国は、たいへん自然に恵まれていました。『古事記《こじき》』にある「豊葦原水穂国《とよあしはらのみずほのくに》」という日本の国を形容した表現を読むと、『古事記』は外から日本にやってきた人が書いたものではないかと感じます。

大陸というところは、からからのところで、二、三日いたらのどが痛くなります。日本に帰ってくると、たいへん湿気があると感じる。あの表現は、大陸経験のある人が書いたに違いないと私は思います。日本にはじめから住んでいて、日本にずっといる人だったら、当たり前だと思っていますから、あんなことは書かないでしょう。

日本では、植物が非常に豊かに繁《しげ》る。鎌倉は、八〇〇年前から都をやっている。これが中近東だったら、からからの砂漠になってしまっているでしょう。私が車で家のある鎌倉に帰ると、運転手さんが「緑の多いいいところにお住まいですね」といいます。私は、「緑なんて、過疎地《かそち》に行けば捨てるほどあるよ」というのですけれど。

鎌倉は、八〇〇年前から都市をやっているのに、ちゃんと山、丘が残っているのです。八〇〇年前の姿は、絵図に残っている。鎌倉のまわりは丘だけれども、そのてっぺんは、人間が馬に乗って、二、三人並んで走れるくらいの広い道路になっていました。防衛上の道路で、つまり砦《とりで》の上に道をつくったようなものです。いまはそんな跡はまったくない。緑のおい茂った山になっています。

新潮社にずっと勤めておられた野原一夫《のはらかずお》さんという方が、太宰治《だざいおさむ》が鎌倉八幡宮《はちまんぐう》の裏山で首吊りをしようとしたことについて書かれました。私は、いまの鎌倉八幡宮の裏山の状況を見て、太宰があんなところで首をくくろうとしたと考えては困る、と書いた。なぜかというと、山の様相がまったく違うからです。

終戦直後の鎌倉八幡宮の裏山は、写真が残っていますが、たいした山ではありません。背の高い松がちょろちょろと生えた丘にすぎない。五〇年たったらどうなったかというと、まったく手を入れていないので、照葉樹林に戻りつつある。もちろん、人間の植えた木がまだずいぶん残っていますが、これをもう少し放っておくと、最終的には、葉っぱのてっぺんがそろった常緑種の照葉樹林に変わっていくでしょう。

しかし五〇年前には枝ぶりのいい松があって、よく人が首を吊りました。それがほとんど全部枯れて、人が簡単に近づけるところにいい枝ぶりの松がなくなった。それで、近頃あそこで首吊りをする人はいなくなったのですが、五〇年前は、写真で見ても非常にいい枝ぶりだった。写真を見れば、太宰が首をくろうとしたのもわかるのですが、これがあっという間に、いまのような様相になってしまったのです。

日本の自然は、そういう意味で非常に強靭《きょうじん》です。群馬県より南の日本の場合は、いずれは照葉樹林になってしまう。これで、安心して日本人は暮らしてきたのです。しかし、さすがに最近の農薬とブルドーザーにはかなわないようで、だいぶ傷んできています。

日本の自然がそのように非常に丈夫だということから、日本人の心性ができあがってきたのだと思う。文化的なイデオロギーではない、日本人の伝統ができあがってきたと私は思っています。それを代表しているいちばん端的な考え方が「手入れ」という思想です。

自然というのはみんなそうですが、「自然のまま」にしているわけです。それに対して人工そのものの意識は「思うようにする」。自然は非常に強いものですから、これを思いのままにしようとしても無理だということはわかっている。そこでどうするかというと、これに手入れをして人工のほうに引っぱるわけです。これがほんらいの手入れです。

田んぼを放っておくと、畦《あぜ》が崩《くず》れて雑草がどんどん生えてきます。だからお百姓さんは、雑草を抜いて、畦の手入れをします。これが田んぼの手入れです。あるいは、山を放っておくと、屋久島《やくしま》の森林のようになる。日本の里山はそうではなく、松が生えた山です。松であれば、日が射すのでじゃまにならない。下のほうに雑木が生える。さらに雑木の下に草が生える。その雑木をしょっちゅう切って薪《たきぎ》にしていた。また、下のほうに茅《かや》などが生えてくると、それを屋根を葺《ふ》くのに使った。そのように手入れをして、ああいう里山の状態ができていたのです。

東京は典型的な人工世界です。有明《ありあけ》あたりは、地面からして人間がつくっている。それに対して、屋久島は自然のままです。屋久島もだいぶ手が入りつつありますが、それでもまだ自然に近い原生林が残っています。そのどちらでもないのが里山です。

複雑系で生きる

ベトナムに行ったときのことです。ベトナムに行くにはバンコクから飛ぶのです。直航便が関西空港から出ていますが、私はタイから行きました。上空からバンコクを見ていると、タイの人がメナムと呼ぶ大きな川が流れている。あの周辺は、景色が非常にはっきりしています。見事な碁盤目《ごばんめ》状の運河をめぐらせています。その縁《ふち》だけが緑色になっている。この緑の中に、赤い屋根の家が並んでいる。だから、バンコク周辺の農村の構造がはっきりとわかります。碁盤目状に運河をめぐらせて、運河の周辺だけに木を植えて、その木が植えてある範囲内にだけ家が建っているのが、上から見るとわかります。

次にタイやベトナムの田舎の上を飛びます。そのあたりの山岳に近いところは、住んでいる人が違う。山岳民族です。上から見ると、地面の使い方がむちゃくちゃなのです。整然とした風景というものはなくて、人間が地面を引っかいているという感じがして怖かったのを覚えています。飛行機の上から見て、なんら適当な法則を発見することができませんでした。このような風景を見慣れて、最後に成田に帰ってきました。

雲を破って地面が見えたときには、本当に愕然としました。ものすごくきれいなのです。上から見ると、きれいに山の緑があって、田んぼがあるのですが、この輪郭がなんともいえず見事でした。人があるルールでやっていることなのですが、このルールはなんだというと複雑怪奇なルールで、「なるほどこういうものを複雑系というのだ」と納得するわけです。

バンコクの周辺の人たちと西洋人が話をしていたら、最終的に話はつくだろうと思います。日本人と話をすると、「何を考えているんだ」とアメリカ人がかんしゃくを起こす。それはこのルールを、日本人は自分では説明できないからです。

日本人は、放っておけば原生林になってしまうところを、一生懸命手を入れている。「どうするつもりだ」と聞かれても、「つもり」がそもそもない。「つもり」でやったのではなく、どこかで収まってしまったのです。じつはこの感覚が手入れの感覚です。これが日本人のバランス感覚です。

人工世界には昆虫がいません。東京で昆虫採集をしようとしてもなかなかいません。屋久島や白神山地《しらかみさんち》などには特殊なものがいます。原生林には原生林の昆虫相がありますが、それは特殊なものであって、それを豊かというふうにわれわれはいわない。虫の種類がいちばん豊かなのは里山です。いろいろなものがいます。白神山地や屋久島で、モンシロチョウを探してみてください。一匹も捕れない。キャベツも菜の花も大根もないから、いるわけがないのです。

それでは、人間がいないとき、モンシロチョウはどこに住んでいたのか。もしかすると、とんでもなくめずらしい種類だったのかもしれません。そういうものが、里山にいくらでもいるのです。ですから専門家は、里山の生命系は非常に豊富であるといいます。自然のままでもなければ、人工そのものでもないからです。人間が手入れをしていってつくった世界だからです。それが日本的な世界の特徴だと思います。

その話をちょっと進めると、同じやり方が子育てだと思うのです。子どもというのは、思うようにしようとしても、そうはなりません。かといって放っておけば、自然のままだからどうにもならない。ではどこへもっていくかということになりますが、どこへもっていったらいいかは誰にもわからない。お化粧にしても子育てにしても、結局毎日毎日手入れをするということになります。どういうつもりで、どこにもっていくのかはわからないのだけれども、それが見えなくてもともかくそれをやるのだ、ということです。そうやってきたのが私たち日本人の生き方で、それはある意味で自然が非常に強いところの特徴です。

西洋では、庭でもなんでも左右対称につくります。まっすぐ線を引いているから、歩いていると突然眠くなります。日本はそうではない。日本庭園というのは、歩くたびに風景が変わるようになっています。庭園のつくりは、それぞれの生き方をよく示していると思います。アメリカ人はものすごく単純です。つい最近に至って「複雑系」というものを見いだしたくらいに。彼らは、はじめてものごとが複雑であるということを発見したのです。複雑系は、私たちの伝統的なニュートラルな生き方なのです。

「ごみため」論

東京では、すべてを人間の意図でやっています。たとえば、最近、「金融の透明化」とよくいいますが、「透明化」とは意識ではっきりわかるようにしよう、ということです。私は、そういうことに全然関心がありません。人間がいかに不透明であるかがわかっているからです。透明な部分をつくると、当然ながら、不透明な部分はどこへいくのかという疑問が生じます。不透明な部分がどこかに隠れるのです。

「総会屋はけしからん」「利益供与はいかん」というと何が起こるか。社長さんの給料を月に一〇〇万くらい増やす。重役の給料も増やす。そしてその分を黙ってプールして総会屋に支払う。そうなるに違いありません。これは会社の利益から払っているのではありませんから、違法行為ではないと思います。そういう形が行き着くところまで行ったのがイタリアのマフィアで、そうなると誰がマフィアかわからない。

何が前近代的で、何が近代的か、分けられないところがあるのです。ものごとが透明であるのは結構なのですが、透明でなければいけないというのは、不透明な部分を見ていない人です。

科学の世界もじつはまったく同じです。科学の世界で、完璧なように見える理論が、あるとき引っくり返ることがある。なぜでしょうか。

美しい理論というのは、「ごみため」が見えないから美しく見えるのです。できたての頃は、まだごみためがないから、きれいな理論だと思うわけです。しかし、その理論にしたがってものを考えていくと、だんだん具合の悪いことがたまってきます。

理論からすると、これはどうも説明がつかないという事実がしだいに蓄積してきて、それをごみためと私はいっています。そういったごみためが限度を超すと、ごみためが自己崩壊を起こして全部が壊れてしまう。そうすると、今度はごみためのごみを含めて、もう一度新しい理論を構築しなければならなくなります。

それが意識と世界の関係ではないかと、私はなんとなく思っています。私たちが世界をきれいに説明したら、当然それはどこかで壊れてきます。理論がはっきりしているほど、そこに合わないものがしだいにたまってくるからです。私がここでいっていることもまったく同じで、おそらく、いずれそういう経過をたどるだろうと思います。

ここまで、ずいぶん乱暴に世界史から日本史まで行ってしまったのですが、私が「都市化」といったことがどういうことであるか、なんとなくわかっていただけるのではないかと思います。この問題をイデオロギーで拾うのは、都市の人間のやることで、私は、考え方は田舎の人間ですから、「手入れ」になってしまいます。「ああしろ」「こういうふうにしろ」ということはできない。手入れの思想からいえば、「ああすればいい」「こうすればいい」ということが成り立たない。毎日毎日手入れをしていくしか仕方がありません。自然のものに対しては、そうするしかないのです。

それに対して答えを要求するのは無理です。都会の人がなぜそういう答えを要求するかというと、心もとないからです。自分のよるべがないからです。「どういうふうになるのか、先読みしてくれ」と必ずなります。意識というのはそういうものです。

しかし、人間は意識だけでできているわけではありません。意識というのは、脳のほんの一部です。皆さんは、眠っているときもちゃんと呼吸をしている。呼吸をするのは脳の機能です。だけど、夜寝ながら考えて息している人はいない。ちゃんと一分間に一六回呼吸をしているのは、延髄《えんずい》がきちんと働いてくれているからです。「夜、延髄がサボったらどうなるんだ」と、そんな心配をしたら夜も眠れなくなってしまいます。

意識というのは脳がやっていることです。しかし、息をするということ一つをとっても、ほとんど意識しないでやっている。とすると、脳全体の働きのほうが意識より広いに決まっています。その脳はからだの一部ですから、からだのほうが脳よりも広いに決まっています。そのいちばん狭い意識が「脳がどうだ」「からだがどうだ」といっても不十分に決まっているわけです。

人間は無意識のほうが大きい

社会の透明化とまったく同じで、透明化された部分が意識化された部分です。人間というのは無意識のほうが大きい。部分が全体を説明するということは不可能です。だから、一生懸命考えて、せっかくうまくつくったのにわけがわからない、ということになってしまうのです。

いまの金融騒動というのは本当におもしろいなと思います。物理のビッグバンならわかるけれども、金融のビッグバンというのはよくわかりません。私が唯一知っているのは、ビッグバンになると銀行や証券会社がつぶれるかもしれないということです。ビッグバンにこれからなるからと準備していたら、銀行も証券会社ももうつぶれている。だからこれはビッグバンかと思うのですが、答えはよくわかりません。そんなものです。意識の世界というのは、そのくらい狭いものです。

意識中心主義というのは、じつは都市の思想です。なぜなら都市というのは意識の産物だからです。私たちは、意識の中に住んでいるのだ、と考えればなんとかなるかなと思ったわけです。

私は解剖という仕事をやっていて、相手が変わってくれないから、全部自分で作業し、自分で考えなければいけない。だからさんざん考えます。「下手《へた》の考え休むに似たり」といいますが、そういうことをずっとやってきました。そのうえで申しあげるのですから間違いありません。

子どもが小さい頃、女房が「勉強しろ」とよくいっていました。私はだいたい家ではバカにされていますから、「いくら勉強してもせいぜいお父さんくらいだよ」といったら、子どもは妙に納得していました。そんなものです。

新装版　あとがき

本書に収められている文章は、私が東京大学医学部教授を退官してから数年の間にあちこちで講演した内容の記録である。全体を通底する主題は「死」である。個人的な死、幼い時の父の死から始まって、解剖における遺体の社会的な意味を考究している。あまり一般的な話題ではないが、当時の私にとっては切実な問題だった。死の問題を扱うようになったのは、大学を退いたことで、遺体からやや距離が生じたことが大きいのではないかと思う。問題が身近であまり切実だと、うまく表現にならない。この「あとがき」を書いているのは令和五年九月だが、三十年近くを経過した今になっても、私の根本的な考えは変わらない。自分の足元から立ち上がった考えだから、変わりようもない。八十代の半ばを越えて、個人的には自分の死が近づいて来たが、むろんその実感はない。

最近口を突いて出るのはmemento moriということばだが、これには対句があって、

carpe diemと続く。死を想え、今日を生きよ。私が幸せだったと感じるのは、仕事がいつでもmemento moriだったのが退官でいったん終わって、その後の人生をまさに「生きる」しかなかったことである。死ぬことには人生の前半で十分に触れたから、あとは生きるしかない、とでもいうべきだろうか。

切実と書いたが、今日ではchat GPTなどというものがあって、言葉を並べるだけなら上手に作ってくれる。そこにどのくらい切実さがあるだろうか。記号の羅列ならコンピュータがやってくれるが、そこには足元から立ち上がるような切実さがおそらく欠けるであろう。そうした切実さを、読者は見抜いてくれるだろうか。

『方丈記』は私が好きな文学だが、歴史哲学と言ってもいいと思う。鴨長明の書く文章の基礎には、本人が感覚から取り込んだと思われる地についた香りがある。言語をコンピュータが扱う時に、その点はどうなっているのか。これを認知科学では記号接地問題と呼ぶらしい。感覚で捉えられた情報は脳内で次々に処理を受けて行き、最終的に大脳皮質まで届いて、そこに言語が成立する。それなら感覚由来の部分が言語に残ってもいいと思うが、言語が視覚と聴覚に共通の情報処理として成立するので、そこにこだわると、視聴覚それぞれの直接の入力は消されてしまう。視覚の直接印象は聴覚にとって意味をもたないし、聴覚の第一次印象は視覚的な意味を持たない。そこでわずかに残ったのがオノマトペであろう。抽象化するというのは、感覚の第一次印象からより遠ざかることである。

老人には生きにくい世の中になった。今までもそうだったのかもしれないが、感覚の第一次印象がアテになるものではないということがますます明確になって来た。動画の中で私自身がどういう動きをしていても、すべてはフェイクかもしれないのである。文章の作者もうっかりするとコンピュータだったりするかもしれない。私は個人的にはその真偽を識別する方法を知らない。遺体に直接に触れて、これがヒトの最後の姿だ、と固く信じられた時代が夢のように思えるようになるに違いない。この夏は子どもたちと虫捕りと称して、里山を歩いていたが、生きた虫を手で捕まえた時の虫の動きを含めた触感、草木の葉から落ちる露で濡れる感覚と十時を過ぎたら乾いてしまう一日の時の流れ、そういう感覚の第一次印象を子どもたちに経験させたいと思っているだけなのである。でも大人はそれが何になりますか、と訊ねる。その種の質問に対して、私の答えは決まっている。あなたが生きていて、何になりますか。

明瞭な目的を設定し、そこに至る過程をできるだけ合理的、効率的、経済的に進める。仕事の原則がそれで当然となってしまったから、人生への考えかたも似たことになってくる。子どもは別に経済的、合理的、効率的に育つわけではなかろう。私自身も人生八十年を経済的、合理的、効率的に生きて来たとは思っていない。時代遅れの爺さんだから、それで当然ではないか。

新聞の見出しを見ていると（老人の証拠）、ガンの治療費一兆円とある。税金を支払うのは、ガン治療のためじゃない、もっと効率的、合理的なお金の使い方があるだろうといいたいのかもしれない。でもそれでガンの患者さんや家族がいかに救われているか、これは経済性や合理性のモノサシには載らない。人々の心をやすらげるように、公共が動かないものか。八十代の後半では、もう夢も希望もない。心の安らぎが一番重要である。私の年齢になれば、ブータンの人なら毎日お経を読んで過ごす。うっかり働くと叱られる。

初出一覧

「極楽」に生きる

「日常生活の中の死の意味」月刊パーセー新春教育講演会（一九九八年一月三一日）、「月刊パーセー」一九九八年三月号、パーセー実践哲学研究所

「世間」を出る

「現代と共同体——田舎と都会」曹洞宗総合研究センター設立記念オープンフォーラム「現代に問われる葬祭の意義」（一九九九年四月一三日）、「曹洞宗報」一九九九年一〇月号別冊付録、曹洞宗宗務庁

「時間」病

「ゆとりある生活の創造のために」一九九六年度関東甲信静市町村教育委員会連合会総会（一九九六年六月四日）、記念講演記録（一九九六年一二月発行）、神奈川県市町村教育委員会連合会／逗子市教育委員会

「知」の毒

「現代の学生を解剖する」日本私立大学協会 学生生活指導主務者研修会（一九九九年六月三〇日）、「教育学術新聞」二〇〇〇年三月一日号―四月五日号、教育学術新聞社

「自分」知らず

「現代社会と子ども」一九九九年度私立幼稚園中堅教員研修会（一九九九年九月二九日）、私立幼稚園中堅教員研修会講演録（二〇〇〇年三月二九日発行）、財団法人東京都私立学校教育振興会研修研究部

「生死」のブラックボックス

「自然と人間」大正大学仏陀会記念講演（一九九四年六月一日）、大正大学学報70（一九九五年三月発行）、大正大学出版部

「世界」の行きつくところ

「脳化社会の行方」知研・テラハウス特別セミナー（一九九七年一月一八日）、ちけんだいがく194号（一九九七年二月一日発行）、「知的生産の技術」研究会

「日本人」の生き方

「都市と宗教」医療と宗教を考える会（一九九八年一月二六日）、第一三四回講演録、医療と宗教を考える会事務局

・本作品は小社より二〇〇六年一二月に刊行された
『自分は死なないと思っているヒトへ　知の毒』
を再編集して新装版化したものです。

養老孟司（ようろう・たけし）
1937年、鎌倉市生まれ。1962年に東京大学医学部卒業後、解剖学教室に入る。1995年、東京大学医学部教授を退官し、同大学名誉教授に。1989年、『からだの見方』（筑摩書房）でサントリー学芸賞を受賞。著書に、『唯脳論』（青土社・ちくま学芸文庫）、『バカの壁』『超バカの壁』『「自分」の壁』『遺言。』『ヒトの壁』（以上、新潮新書）、『解剖学教室へようこそ』（ちくま文庫）、『無思想の発見』（ちくま新書）、『半分生きて、半分死んでいる』（PHP新書）など多数。

だいわ文庫

自分《じぶん》は死《し》なないと思《おも》っているヒトへ

著者　養老孟司《ようろうたけし》

二〇二三年一一月一五日第一刷発行

発行者　佐藤　靖
発行所　大和《だいわ》書房
東京都文京区関口一－三三－四　〒一一二－〇〇一四
電話　〇三－三二〇三－四五一一

フォーマットデザイン　鈴木成一デザイン室
本文デザイン　鈴木成一デザイン室
本文イラスト　小林路子
編集協力　松尾義之・鳴瀬久夫・佐藤雄一
本文印刷　新藤慶昌堂
カバー印刷　山一印刷
製本　ナショナル製本

ISBN978-4-479-32072-2
乱丁本・落丁本はお取り替えいたします。
https://www.daiwashobo.co.jp

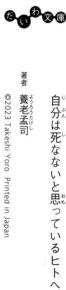